Lost in
the Dream
of
Life

沈亦然——著

# 在人生梦里
# 失眠

时代文艺出版社

图书在版编目（CIP）数据

在人生梦里失眠 / 沈亦然著．—长春：时代文艺出版社，2015.12

ISBN 978-7-5387-4883-3

Ⅰ.①在… Ⅱ.①沈… Ⅲ.①长篇小说－中国－当代 Ⅳ.①I247.5

中国版本图书馆CIP数据核字（2015）第221538号

出品人 陈 琛
产品总监 郭力家
选题策划 方 伟
责任编辑 姜程程
装帧设计 孙 利
排版制作 尹 爽



在人生梦里失眠

沈亦然 著

出版发行 / 时代文艺出版社
地址 / 长春市泰来街1825号 时代文艺出版社 邮编 / 130011
总编办 / 0431-86012927 发行部 / 0431-86012957 北京开发部 / 010-63108163
网址 / www.shidaicn.com
印刷 / 北京市通州兴龙印刷厂
开本 / 880mm × 1230mm 1 / 32 字数 / 185千字 印张 / 9.5
版次 / 2015年12月第1版 印次 / 2015年12月第1次印刷 定价 / 32.80元

图书如有印装错误 请寄回印厂调换

我越来越清晰地意识到，自己是一个绝对清醒的人，因为我与他们一样，早已患上了这个时代的“人生失眠症”。

# 目录

# 引　子

“2011年11月11日，深夜11点11分左右，北京东南六环外出京方向的高速公路上发生了一场极其严重的车祸。一辆红色小轿车撞上一辆黄色‘现代’出租车，将出租车顶到高速公路左侧护栏后，红色小轿车自己又急速转方向准备跨越三个车道。跨越途中，被中间车道的一辆随后而上的大货车顶飞，直接撞上了公路右侧护栏。护栏没有断裂，被撞成巨大的‘C’形。红色小轿车车头、车体彻底碎裂，车主不幸遇难。”

在这场车祸中，我正是红色小轿车中那个遇难的人，所以，很不幸，那晚，我死了。

我的生命在十个“1”，一万年才遇一回的这个特殊的日子里（2011年11月11日深夜11点11分），用高速公路的钢铁护栏画上了一个圆圆的句号。

我死在了那场车祸的警灯闪烁不止中，像一只被拍死的蚊子，突然结束了气焰嚣张的“嗡嗡”声，寂静无声地躺在一片光亮里。

我已死亡这个事实是等我清醒后，才真正得到了确认。

车祸的肇事者是我，属于酒后驾车。

当时，我的死状不是相当惨，几乎没有血迹，斜躺在驾驶座位上的样子像正沉睡在梦乡，对梦中之物充满了依恋，死活不想醒来。

只是，令人悲伤的是，躺在那里，除了远处两个尚未发现我的警察，我孤零零的，身边没有任何人。

虽然我已停止了呼吸，可我脑海中还一直反反复复地叨念着一些人的名字。浓烈的酒精和食物一直包围着这些名字，忽隐忽现，颤抖不息。我一边叨念，一边反复辨认，强烈地渴望立刻能找出一直令我激动不安的那几个字。

我着急地在那些名字的森林里穿梭。后来，又有一股热乎乎的血像涨潮的巨浪从我后脑拍了过来，以至于我躺在那里，脑海里一直还是一团糨糊似的起起伏伏，胡乱颤抖。

我并不知道我已经死了，仅仅是感觉很累。脑袋里沉重得令我很想扶着一把椅子坐下来。我渴望能睡进一个非常窄小幽暗的房间。只要我能坐在那里好好地、安心地喘息，我也会逐渐平静。不管房间有多大，我希望它能拥有一扇可以透进光来的小窗口，哪怕装在屋顶上，几束太阳光微弱地从窗户外面照进来，像几个未经世的小孩子朝里面好奇探望的小脑袋。我会友好地抬起头，在阳光中展露微笑，朝他们做鬼脸并眨眼睛。这样，我就已经觉得，真舒坦……

可是，我却死了。

我是真的一点儿都不想离开，也是真的还想最后再看一眼……

我知道，在我念出一些人的名字时，我的嘴唇一直在颤抖……

# 第一章　你为什么不出来会会朋友呢?

大约七年前，一个偶然的巧合，我知道了蝉城一个文艺群体的存在，并且有意识地接近了他们。

那时，我还在蝉城相邻的钢城的一家医院里当一名B超室医生。

我的工作具体是操作一台通过粘满黏稠耦合剂的探头，探查人体腹腔内部脏器有无疾患。

每个白天的八小时，我都必须待在一个暗室里。这样的生活，周而复始，可能会一直这么干下去，并且可能会注定永无止境。因为我时常听见旁人跟我母亲攀谈，她们不管是一起从菜市场回来，还是偶尔同时路过水果摊，都不无羡慕地说:“还是你女儿好啊，有一份旱涝保收的事业单位工作。”

实际上，没人能感觉出我的内心有多苦。我从事的这项工作是怎样的枯燥无味，整个工作流程机械得像某个早已设定好了的电脑程序。除了最初两个月略感新鲜，之后，工作完全变成了按部就班的程序化。平时，我极少去看清探头下面那个连接在身体上的面孔，几乎从来不看。我接过他们手里递过来的申请单，瞄一眼需要探查的身体部位，就指示他们躺下去。他们一个接一个，躺在我操纵的这台机器旁边的那张简易木床上，也是躺进了我这个小小暗室里的黑暗深处。

我很少关心躺下去的那个人究竟长的什么样。他们的面孔对我来说，一点儿都不重要，并且，假使有一瞬间，我对躺下去的那个人产生了片刻的好奇，事后，我自己都会为这一瞬间感到惊讶。

我所要做的，仅仅是从那些肉体中，从那些喷着热气、有节律地蠕动着的肠、胃、肝、脾、肾等脏器中找到那些隐藏其内的寄居者、异生物——它们都是一些怪物——那些成熟的，或正处于萌芽状态的毒瘤、嗜血鬼们。

很多人都认为我从事的是一份非常光荣而又了不起的职业——像一名雄赳赳、气昂昂的人民警察勘探着他们的躯体——这样的虚荣有时确实让我感觉到了些许快乐，但是非常短暂。因为事实上，我并不能保护他们。等我从超声波探头下看清楚那些异生物的模样后，我只能站在远处，成为一个束手无策的旁观者。虽然，我每天都能体验到为他人排忧解难，找到他们身体痛苦的根源，告知他们，然后接受他们感恩戴德的致谢。

但我十分清楚，更多的时候，我感觉到的是恐惧和崩溃。我发觉自己同时也扮演了一位审判长的角色——当你发现到了那些祸害生命的肿瘤、癌症细胞后，你就从一个医生变成了守候地狱之门的判官，你手中紧握的长笔轻轻一勾，毫不留情地就宣判了他们的死期，眼睁睁地计算着他们生命的期限。这个时候，他们只能是惊慌又迷惑不甘地抹着眼泪，默默地离开。

他们无法抗争，只能缄默地接受你给予他们的宣判。

我望着他们血水流尽、皮肉消失、化为骷髅。

我日复一日地清清爽爽地观望着那些血、粪便、尿液、腐烂的食物，它们在我眼皮底下一浪一浪地起伏、鼓动着。光洁、华美的表皮下以及肉体内部最肮脏的部分被我一览无余。

我焦虑不安，我总是在想，我完了！我已经彻底完蛋了。

我的一生似乎只能如此。我唯有在黑暗中自言自语。如花的青春，我只能这样日复一日地待在这个黑屋子里，守着这台既不能动，又不能说话的机器，终生与它为伴！就这样一天一天地等下来，等到皮肤松弛、头发发白、牙齿脱落、肌肉萎缩，等到像我母亲、像我奶奶、像我早已死去的曾祖母那样老态龙钟，坐在门槛上，悄无声息地死去。最后被我钟爱的那些亲戚，被其他一些人，甚至我在这个世界上，从无打过交道的陌生人，塞进我这个黑屋子斜后方的太平间里。

每回想到这儿，我浑身的鸡皮疙瘩就顷刻间竖起，开始直打冷战。接下来，连续几天，我都无以逃遁地置身在这种极其低落的情绪里。

我时常掀起暗室的窗帘，看雪花、看雨滴、看诸多的废纸、塑料袋、落叶被或大或小的风刮起，漫天飞舞。我只能喝一口茶，对着它们发呆。它们丝毫不会感动我，也丝毫打搅不了我。我与它们身处两个世界，厚厚的玻璃窗户隔离并有效地保护着我们彼此，互不干涉！我摸不着它们，它们也妄想能侵犯我。

我的身边没有风，没有雨，也没有雪花，连空气都是稀缺的。我的生命就此停顿在窗帘背后，被热闹的街道和匆忙的行人毫不察觉和漠视的黑暗里。

“你为什么不出来会会朋友呢？”赵大强对我说。

我很惊讶。

“是的，我们都是你朋友。”

赵大强继续在QQ上跟我说。我被他说懵了，却又十分温暖和心动。

“我们肯定很快就能成为朋友。”他十分自信地跟我说。

“你可以写作，来参加这个月底我们这里举办的文学聚会吧，我介绍你认识一些你原本早该结识的朋友，他们就在你身边，我帮你搭上线。”

赵大强不知疲倦，一遍又一遍地闪动着头像鼓动我。

我与赵大强认识已一年有余，他与我一城相隔，我在钢城，他在蝉城。我们由平时玩耍的网络文学论坛相识，他用邮件给我传来几篇他正在创作的作品，读完，感觉他一下子就窥探进了我的内心，同时也刺痛了我早就烦躁不安、打着瞌睡的神经。

赵大强自我介绍说，他是个小说作者，未来会是个优秀的小说家。我从网络以及他提及的报纸、刊物上查询到，他没有撒谎，他确实是个先锐的青年作家。

“虽然现在我还没什么名气，但我依旧信心十足，相信命运不会亏待我。你千万别认为我只是雄心勃勃。”

赵大强说得傲慢不羁，但他的话，对我确实有一股强大的诱惑力。

“来吧，肯定不虚此行！”赵大强继续说。说完，他就把活动时间和地址在聊天框里留给我，并且说，“你一定要认识汪宇峰和肖梅他们几个。他们是你们钢城的文学‘四剑客’，日后对你会有帮助。”

赵大强随后又把汪宇峰的手机号码留给了我。

真正对我产生诱惑的，可能还是他最后说的这个理由。经过一番思索后，我还是决定去一趟蝉城。

蝉城与钢城相邻，却比钢城繁华数倍，毕竟蝉城是省会，又是多朝古都。钢城的有钱人，或者喜爱追求时尚的人，想购买一些品牌、大物件，都会坐半个小时的车去蝉城选购。我小学、中学时代学校组织的春游活动，最常去的也是蝉城。蝉城至今还留有诸多人文古迹和几处壮观的自然风景。长大后，我还没真正去过。所以，对于蝉城，除了那几个儿时曾浏览过的旅游景点外，我对整个城市面貌、人文情况，几乎没什么具体的印象。

活动那天中午，我就到了蝉城。

通过赵大强留给我的地址，很快寻找到了活动地点，但我没有直接进去，也没给赵大强打电话。我犹豫过，手机抓在手心，始终不敢拨出。有一会儿，手机被我双手握得发烫，手心汗水也直流不停。

我在活动地点外徘徊了近半个小时，还是离开了，去寻找另一个我一直想去观摩的书店。

我没给赵大强打电话，这里有一个难言之隐。

我与赵大强认识时，他对我很有好感，我们在聊天的过程中不免会触及一些隐秘的话题。第一次与他见面，不免担心会有尴尬，也不能预知将会发生什么。所以，我提着包在活动地点的大街上四处转悠。

我与赵大强探讨最多的问题是：他说看我给他发过去的照片，背依栏杆，单薄的针织线衫轻松地搭在牛仔短裙上，分明能看见稍稍凸出的裤带头。他说，能看出裤带头是方形的，你的腰很细，很好看，抱住应该不会太难。他还一直问，不停地追问，能不能告诉他裤带头是什么颜色，上面有什么花纹？

我肯定不会直接搭理他，只是转换话题与他纠缠。

现在，我来到蝉城，因为这些顾忌，我不想直接单独去见赵大强。

我不能够去见赵大强还有另外一个原因，那时候，我有个男朋友，他叫吴桑，自从我毕业后来医院工作，他就托各种关系，找多种理由来医院看我、追求我，追得紧而不舍。每天，他都来医院门口看我上班、下班，总故意制造出一些突然不期而遇的场景。私下，他还不停地向他的亲戚、朋友和熟人打听我、关注我，搞得全单位上下无人不知。见他这番辛苦，我不免十分同情他。

吴桑最大的愿望是能迎娶我，让我成为他的妻子，他无微不至地关心我。他给我搬来一台电脑，说工作之余，无聊的时间里，可以上上网，就不用再对着窗外发呆。有了电脑后，我确实忘记了再去掀窗帘，无限大的另一个世界呈现在我的眼前。

通过这台电脑，我结识了赵大强。

为了去见赵大强，为了参加这次不一般的活动，为了探知另一个世界——真正属于我的那个陌生又熟悉的世界，我一定要去一趟蝉城。

我为去蝉城做了一个多星期的准备，查找了很多资料和信息。知道得越多，越深入，诱惑越强大。

当然，去蝉城是不能够让吴桑知道的。他再想让我幸福，他也不会理解，我向往的那个群体——他对之毫无感觉的世界——他只会莫名惊讶，甚至会让他感到恐惧。他所能够理解的仅仅是一连串的数字——无穷无尽排列的数字。吴桑在一家银行任储蓄会计。

去蝉城的前夜，我做了很多准备，比如衣服、丝巾、鞋子、包，以及包内的各种物件：唇膏、睫毛膏、指甲油、头绳、发夹、眉剪、镜子，连卫生纸都一一备齐。

晚上，吴桑依旧来看我。我若无其事地跟他拥抱、接吻。我心虚得尽量想让他对我绝对放心。

吴桑走后，我躺在床上，却久久不能平静。

窗外的夜色里，没有风，树影静止不动。我多么想此刻能够刮起风暴，强大的风暴，让我的屋子摇摇欲坠，屋内的所有物件胡乱地被风暴翻卷，到处飞舞，我与吴桑与家人奔跑在大风里奋力抢夺，在抢救屋子的争吵中，我们互相咒骂、撕破脸皮——我多么需要这一刻！期待这一刻立马发生，然后我气恼，愤然离开。

是的，离开，一定要离开。离开后，永远不再回来。

我的心绪激荡不安。美妙的酒吧里昏暗的夜晚，活动当晚的啤酒，暧昧不清的悸动和神情，诗歌、不同寻常的幽默和语言的表达。侃侃而谈，忘却白天和黑夜……

我对明日的活动进行着各种猜测和想象。

可窗外的夜色依旧像位濒死的病人，或一具可怕的尸体陈放在那里，令人绝望和窒息。

我厌恶极了，无法入眠。

但我还是睡着了，最终抗拒不了的困倦，在我极不情愿的极度疲乏中来临。

# 第二章　我像赶赴沙场一样去了蝉城

第二天清晨，我像赶赴沙场，一去不回的战士一样坐车来到了蝉城。

走了好几条街，终于找到了那家书店。辨别了一下，我就走了进去。晚上来参加活动的很多人的作品都显赫地陈列在书架上售卖，书籍封面上署有他们的名字。想到晚上就能见到这些人，我不免身心都很激动，甚至开始颤抖。我把那些书一本本地拿起来翻开，看到封面内页上他们的照片，心潮澎湃——来前的准备工作中，我已查看过他们的照片。

渐近傍晚六点，我出了书店，又赶往举办活动的酒吧。

走进去时，里面已经聚满了人。黑压压的人头，看到的只有一双双闪烁着的眼睛，一些镜片反射着酒吧桌台上微弱的光。

我拨通赵大强的电话，赵大强从一个角落里大嚷着站起身。我看到他招手，就走了过去。依照照片的印象，还是很轻易就能认出他。

从桌面上的空酒瓶可知，他们已喝了一阵子酒了。赵大强的脸分明异常红润，眼神迷离。他把我推到众人面前，介绍说“这是周莉”。然后他又指着桌子四周的人向我逐一介绍，原来他们几个就是我同城的“四剑客”。交谈中得知，生活中，他们与赵大强也是第一次相见，之前信件交往已很熟络。三男一女，那女的向我点头微笑，她自我介绍说，她叫肖梅。

我谦和地回笑，向肖梅友善致意。

肖梅长得很漂亮。瘦削的圆脸，白净，眼睛闪烁有光。她身材高挑、苗条，举止妙曼，气质优雅，说话略带嗲气。当天晚上她下身穿长筒黑丝袜配一条碎花短裙，高跟皮靴，肩上披了一条驼毛宽围巾。女人味很足。

众人与肖梅交谈时，她下巴微抬，频频露出微笑，嘴唇显得很单薄，细碎的牙齿，整齐洁白。她很专注地与人交流，习惯每几秒钟眨动一下她的眼睛，上眼睑长长的睫毛忽上忽下地扇动着。她用眼睛告诉对方，她一直在很认真地倾听。

她的存在，让四周的气氛变得非常愉悦。她成了酒吧里一道最引人注目的风景。众人纷纷过来举杯与她共饮。她也起身热情相迎，举止大方得体。

原本她还跟我闲聊几句，后来因为忙碌应酬，她几乎忘了我。众人将目光全都汇集到了她身上，大家都不在意我的存在。

赵大强站起身坐在了椅子靠背上，使他的身子高出众人一大截。

他举止比较张扬，豪放地侃侃而谈，像众人都围在他周围，簇拥他席地而坐一样。他跟之前与我网络聊天时一样桀骜不驯。有时候，他也沉默一会儿。沉默时，他会扭过脑袋，用眼睛上下打量我几眼。我感到十分紧张。很快，他又把视线收了回去。这样，前几分钟让我很心慌，但很快，他对我的轻视和无所谓状让我立感失落，甚至开始有些厌恶。

酒吧里的人进进出出络绎不绝。每进来一个新面孔，赵大强都招手让他们过来与他这桌子的人认识。中途有个身穿浅灰色中短款风衣的瘦高个走进来，赵大强唤他过来向大家介绍说："这是优秀小说家林一尘。"

林一尘向大家点头致意，他笑得有点儿勉强，但非常友善。我注意到他的眼神阴郁而凝重，身体的单薄显得他谦逊和柔弱。

林一尘跟大家认识后，就走到靠近洗手间的一个角落里，那里有张桌子，可能是因为靠近洗手间，所以一直没有人坐那儿。

书店里那几本书的作者，我都一一见过了，在赵大强介绍的同时，我也很快辨认出了他们。他们都很友好，却不十分热情。

第一次参加这样的活动，虽然来之前我做了一些准备，但此刻在肖梅迷人光环的照射下，我显得异常土气、保守、无趣——多年之后，旁听到曾在场的人对我是这样评价的：激不起任何人的感官兴趣——尤其是那件紧抱脖子的高领线衫，见了，让人只感到压抑和泄气。

林一尘那晚一直吸引我的目光，在那样喧闹的酒吧里，他一直静默地坐在那个位置上，自始至终没挪动一步。有时候，他低下头；有时候，他抬起眼睛观看众人。他的眼睛很大、很明亮——在幽暗中也能够分辨出来——夹杂着一些忧伤。我瞥了他几眼，竟捕捉到了这丝忧郁，令我心头一惊。浑身莫名地滋生出一股暖意——似乎潜藏着一种无形的力量。在酒精的刺激下，这种感觉让我的心怦怦乱跳。

聚会很嘈杂、热闹，谈论得也十分热烈。几小时后，很多人都喝不动了，有的人找借口离去，有的人倒进沙发里，有的人一路吐着跑进了洗手间。与我同城来的几个人，借酒精的催化，情绪都很高涨。肖梅的酒量很大，一直都喝不醉。

赵大强喝得有点儿高。借着酒劲儿，他拉住肖梅的手，拉住不放，语无伦次地跟肖梅说起他的小说，继而又说起好玩的一些男女之事。他大声、无所顾忌地说："小说嘛，无非就是写男男女女的那些鸟事。"

肖梅为了保持她的优雅，又不想丢赵大强的面子，毕竟是他邀请大家来，又毕竟赵大强是喝高了。肖梅并不抽回她的手，她皱起了眉头，只伸出另一只手来抵挡赵大强逐渐挨近的脸和嘴巴。

肖梅与赵大强逐渐由酒吧推推搡搡到了酒吧外的大街上。酒吧里，众人慢慢散去，"四剑客"里那个叫汪宇峰的人，提议我们该回城了。这时，我们才发现肖梅不见了。于是，我们几人都走出酒吧寻找肖梅。肖梅跟赵大强已经拉拉扯扯，到了酒吧门前的街道上，肖梅坐进了一辆出租车，吵着要回城，赵大强站在车外，挡住车门，不让肖梅走。出租车司机比较为难，只好把车停靠在路边，他走下车站到远处抽起了烟。

我们几人都觉得不好干涉这样的场面，只好在路边的树荫下站着不动，站在路灯下的风里。

赵大强跟肖梅纠缠了好大一会儿，后来干脆也坐进了出租车，要跟肖梅走，否则就让肖梅下车来跟他走。肖梅显然都不同意，执意要自己回城。如此，他们只能继续纠缠。

虽然肖梅是跟汪宇峰一起来参加聚会的，但酒间，汪宇峰已经觉得赵大强是他的兄弟了，赵大强此刻对肖梅这么有意思，汪宇峰也不好干预。

我们只好站在路边等。

这时，一辆出租车从远处驰过来，在我们前方掉过了头，车窗玻璃缓慢摇下来，林一尘的脸出现在车窗里。我看到了他。幽暗的路灯照进车窗，把林一尘的眼睛照得更加亮，脸部轮廓映照得更加瘦削。这一刻的目光对视，又让我浑身一颤。

汪宇峰也看到了林一尘，赶紧向他招手示意。

林一尘问汪宇峰、赵大强呢？汪宇峰说在车里。肖梅也看到林一尘正在不远处，她放大声音叫起来，恳请赵大强放她走。

林一尘将头探出车窗，喊赵大强。赵大强不情愿地回应他，林一尘说：“大家找你回去谈事呢！”

又反复纠缠了一阵，赵大强亲了下肖梅的脸后，摇摇晃晃下了车，又摇摇晃晃坐进林一尘的车，随他去了。

不管怎么说，这一刻对汪宇峰这几人来说，还是有点儿尴尬的。

汪宇峰招呼我们上了肖梅的出租车后，嘱咐司机送我们回钢城。

车上，汪宇峰为了缓和刚才的场面，解释说，赵大强这家伙肯定是太苦闷了。然后向大家解释起（他所了解到的）赵大强苦闷、压抑的现实生活和精神世界。

汪宇峰从赵大强父亲的早逝说到他在蝉城乡下中学教书的工作环境，说到赵大强独自照顾母亲，说到他的感情经历和他对这荒诞世界的理解以及他对人生虚无存在的态度。

三个男人认同又否定，或者猜测，热烈地讨论着。我转过头看肖梅，肖梅坐在右侧靠窗的位置，她裹紧肩背上的围巾，睁大眼睛望向窗外，她这时显得异常弱不禁风。肖梅并没参与，也没听汪宇峰他们三人的讨论。她的表情非常复杂，我不敢轻易揣测和判断，因为我对肖梅、对赵大强都并不太熟。

聚会后的第二天，汪宇峰给我打电话，叫我出来跟他们一起吃晚饭。前一天的蝉城相约，让我们已经认识了。

还是昨晚的他们四个人。肖梅换了一套装束，一身淑女装，长裤，没有系围巾，显出些朴素。这时候，我觉得肖梅比昨晚更舒服些。昨晚的肖梅虽然很风韵，但对于同是女人的我来说，有点儿压抑。此时的肖梅更为亲近一些。

席间，交谈主题依然还是文学、艺术。除去艺术作品价值的各抒己见，有人说起文学史上牛气人物的奇闻轶事以及怪癖、独特的个性，等等。汪宇峰打趣，又提起昨晚的事来。肖梅说："你们就别再提这事儿了，他们就是喝多了，胡闹一下而已，根本不要太当真。林一尘同样也是。"

"林一尘？林一尘怎么了？"汪宇峰惊讶地问肖梅。

"到家后，林一尘也给我打电话，发短信了。"肖梅说。

"林一尘说什么了？"汪宇峰继续问。我心中暗惊，也把眼睛盯向肖梅。

"林一尘打电话说他喜欢我。凌晨三点多，我都睡着了。我没理睬他，后来，他又发来了短信，说想单独见我。"

肖梅习惯性地眨了下眼睛，上眼睑的长睫毛扇动了两下，有动漫的感觉，眼球上流动着几波液体。她接着又说："他们就是闹着玩，根本不必当真。另外，他们可能都认为我们是小城市去的人，没见过什么世面，故意挑逗一下。我觉得就这点来说，挺不爽的。"

肖梅语气中带有一些气愤和不平。

我非常惊讶。按我昨天晚上对林一尘的初次判断和理解，林一尘不应该有这样的举动。所以，不知为什么，此刻，林一尘昨晚留给我的瞬间悸动，顷刻之间烟消云散。失落感立刻笼罩上心头，就像原本看到一盘十分诱人的美食，我正准备美滋滋地举起筷子，对流入舌根的美味想入非非时，旁边突然有人告诉你，它是地沟油做的。

“不管怎样，为我们钢城美女作家能讨这么多人喜欢，干杯！”

汪宇峰不想看到肖梅为这事不乐，赶紧挑起大家的情绪，打破闹心的气氛。大家都举起酒杯，欢快地一饮而尽。

后来，我与他们几人没再更多相聚，因为针对我自这次活动后的变化，吴桑明显有所察觉。他知道我时常有意在疏远他。

是的，继后，我跟吴桑之间爆发了一场惨痛的、无法避免的战争。

在一次母亲邀请吴桑来我家吃饭过程中，由于我不断地冷落，吴桑为了维护尊严，最后，在我送他出门时，他说：“好，我们结束了。你自由了！你真的自由了！”

# 第三章　因为一句“妞”，我突然之间爱上了贾加

我与赵大强、林一尘的活动聚会已是七年前的事，那时，我一边在医院的 B 超室上班，一边用电脑上网发表一些网络小说。当时，在论坛上，我除了认识赵大强外，还结识了贾加。

贾加在北京一所重点高校读书，刚刚毕业。毕业后，他投了许多份简历，等待工作期间，贾加每天都在网络论坛上发帖子和小说。贾加热爱文学，对书籍痴迷。由于共同的喜好，时间不长，我跟贾加就成了无话不说的朋友。我在拥有电脑的第二天就遇到了他。

结识贾加时，他正失恋。毕业后，女朋友出了国，把他留在国内。贾加在网络上每日每夜发泄着各种情绪，与人拍砖、骂架。很多时候，我都站在他的立场上，帮助他。他常说“我一人足够”。

“妞，别多事。不要跟他们一般见识。”贾加说。

因为这句“妞”，我竟在突然之间爱上了贾加。

爱上贾加时，我正跟吴桑爆发着惨烈的战争。

“自从去了蝉城，你回来后完全变了模样。”吴桑敏感地说。

“根本没有的事。”我分辩。

“你不再正眼看我一眼。”吴桑争辩。

“我对你这么熟悉了，还需要怎么看？”我说，“你一撅屁股，我就知道你将放什么屁，连屁的颜色我都能看清楚。你说，总不能要我整天喜笑颜开地贴在你眼前，嘻嘻哈哈地傻了吧唧地呆笑吧？”

“这都不需要，但你跟以往就是不一样了。”吴桑低下头轻声说。我知道他正十分苦恼。

“是的，我已经很烦。为什么你还要让我更烦。”我几乎快咆哮起来，我竭力地想告诉他，他的猜测是错的。

“我更不想这样。”吴桑有点儿妥协地说。

“那就别再惹恼我，如果再这样，我们就分手。”

“分手？你正期盼这样吧！”吴桑像突然明白了似的说。

“不。完全是你在逼我。”

“恐怕有人正等着你吧？着急地等你马上跟我处理完恋爱关系。”

“一派胡言！为什么要这样作践自己？”

“去蝉城是与他见面？共度美好的一晚？”

“当晚，我回来了，你是知道的。”

“很多事情，不是必须等到夜晚才能发生。”

“胡说八道，简直就是诬陷。”我感觉受到了他的侮辱，“你在侮辱我。”我大叫，十分气愤。

“你心里比我清楚。”吴桑好似也不甘示弱。

“我清楚什么？”

我抬起头盯住他的眼睛。我看见他正垂头丧气。

“听我说，桑。”我半蹲下身子挨近他，“爱情不是这样的。我们连最基本的信任和尊重都没有。”

“那你如实告诉我。”

“我没什么可告诉你的，你也不要乱猜。无论怎样，我希望你快乐、幸福。希望我们所经历的一切不要成为你寻找幸福的障碍。如果我伤害了你，我感到抱歉！”

我用温婉的语气跟吴桑交谈，我希望他能够体恤，我所说的都是真诚的。

“怎么可能！怎么可能！”

我看到吴桑的脸和嘴角在抽搐。他的脑袋耷拉下去。

“你欺骗了我的感情。”吴桑又说。

“从来没有的事……”

我快疯了。

吴桑的身体窝进了沙发，一米八的个子，一百五十多斤的体重，此刻，在沙发里却越陷越深。他显得软弱不堪。

“听我说，我希望你快乐。”

“这样体面的话，谁都会说。”

吴桑叹口气说：“我怎么能快乐……你不会明白。”

“你不能这么想，你看看，我们医院里还有那么多好女孩儿，个个都清纯、漂亮。她们中的一大半都比我优秀。你可以再去和她们其中任何一个人恋爱。”

吴桑不说话，静默着。

“你可以走了。”停了半天，吴桑突然说。

我竟怎么也动弹不了，依旧蹲在他面前。

“跟你说什么都没有了意义。”吴桑说。

“无论如何，你要开心。”我不知道该怎么去安慰他。我丢下了这句话，不敢再看他，我不能够见吴桑这样。在他更加沮丧之前，我想，我必须立马拔腿离开。我担心更多的是我会为此而松懈下来。

# 第四章　义无反顾去北漂

我与吴桑的分手进行了很长一段时间，堪比一场令人窒息的马拉松拉锯战。

吴桑还是一如既往不停地来找我，中午、晚上、清晨……只要他一有空闲，就来找我，站在我办公室的走廊的窗户外等候。人多的场合，他积极上前替我端茶倒水、扫地、买饭，尽可能地献着殷勤，使人感觉不出我们之间已出现了问题。这一切让我无法安宁。他反反复复说："我所做的一切，你都不会明白。"

是的，既然他明明知道我不会明白，但他依然目无旁人地照常做着。这似乎能够让他体会到他所需要的愉悦和快感。

"希望有一天可以感动你。"吴桑说。

"不。人，不能这么自我。"我反复劝慰他。

我瞅准机会，开始与医院领导洽谈，努力争取尽快办理离职手续。我的父母对此失望极了。这等于给他们当头棒喝，可我已经顾不得这些。

没用几天，手续全部办妥，结算完最后一个月的工资，第三天，我收拾好行李，提着包裹买来火车票准备北上。临走时，我没去见吴桑，也没告诉他。我不想当面告诉他，我想他迟早会从别人那得知我已经离开。

对于吴桑来说，我走得很突然。

我提前一天告诉了贾加我乘坐火车到达北京的时间，贾加答应来接我。他说他会帮我安排住处。但我与贾加通话时，我能够感觉出他犹豫不决，好似难以启齿。最后思索再三，他还是答应了。

踏上火车离站时，我脑中一片空白，最初的义无反顾，在汽笛拉响的那一刻，我竟一点儿都不欢悦。我想到三年前，学校毕业离校那天，我与最后一批，十几个人，男男女女扛着包裹，挤上同一辆回家的列车。坐在座位上，我们谁都不说话，跟以往假期放假时回家完全不同——之前，我们一路说笑、打牌或者吹嘘。

对面一个男校友递过来一支烟，点燃给我。我毫不犹豫地接过，衔入口中。那是我生平第一次抽的第一根烟。奇怪的是，直到抽完它，我竟没咳嗽一声，像个老烟鬼那样熟练。烟还没抽完，我的眼泪就禁不住流了下来。没有谁劝慰我。所有人都被各种伤感的情绪包裹着。

我伤感的并不是离校，而是在校三年中，我拥有的一段刻骨铭心的暗恋，随着毕业，这朵含苞欲放的花蕾将彻底萎谢胎内。我还没来得及告诉对方，就面临分别。主要是我不敢启齿，我不想体验因毕业分别而被拒绝的滋味。前一天中午，我像平常一样，一个极其普通的同学那样，跟众人一起把那个“他”送上车。看着他乘坐的大巴车发动离开，我跟在车尾追了一路，当时，正下着瓢泼大雨，泥浆和雨水溅湿了我的双腿和裙子。最后我整个人被泪水和雨水混合在一起，湿漉漉地回到了宿舍。

没有人知道我心中的秘密。十八岁，必须收藏的秘密。

十几个小时，火车在第二天清晨六点到达北京。我把行李箱拖出出站口，到车站一侧的大广告显示屏下给贾加打电话。贾加说他已经在地铁里了，大概还有二十分钟就能到。

我寻个干净的地儿坐下来等。

半小时后，贾加出现在我们共同指定的位置。贾加身材敦实、长发飘逸，穿着中帮皮靴、牛仔裤、白T恤。贾加眉毛粗重、四方的脸盘在白色T恤的映衬下异常白净。他后面还跟着一个男孩儿，面貌与他相似，但比他瘦削精小，依然是飘逸零碎的齐肩中长发，年龄比贾加小很多。

虽然是第一次见，我还是能够认出他是贾加，原因有两个：第一，我见过他的照片；第二，感觉告诉我，贾加就是这个样子。

“我弟弟，放暑假过来玩的。”贾加向我介绍说。

“噢，很像。”

那个男孩儿朝我笑笑，露出一口细白的牙齿。

七月初的清晨，北京的风格外清凉，比钢城的气温至少低五度。我如置身一个清风世界，头脑十分清醒。

贾加帮我拖行李箱，走进地铁。我们仨在人流中挤进挤出，换乘几次后，又挤了两趟公交车。后来，换作贾加的弟弟帮我拖行李箱，我们一起走进了一个叫“牧羊村”的集体公寓。

贾加先去帮我办理手续，回来后告诉我，每月一百五十元一个床铺。

我去交钱。交完钱，贾加拿着钥匙帮我把行李箱拖进钥匙上显示的房间。房间在二楼，里面高低铺，八张床，只有两张床上有蚊帐围起，蚊帐里铺上了完整的床单，其他床架上堆满各种杂物：行李、纸盒、面盆、暖水瓶、锅碗、书本，等等。还有一辆满是灰尘的旧自行车，已经拆卸堆放在一旁。

我们开门进屋后，一个女孩儿从对门的房间里随后走进来，她掀起靠门的那张床铺的蚊帐，什么话都没说，坐了进去。那张床铺应该是她的。

贾加友善地对她说：“你好！我们刚谈好了这个房间一个床铺。”

“想睡哪张，自己选吧。”那女孩儿漫不经心地说。她好像挺不高兴，一点儿都不欢迎我入住的样子。

我选了最里靠墙的那张上铺，下铺就是另一张被蚊帐围起的床。

贾加说：“过会儿，你去超市买一个纱帐。”

我十分愉悦，说道：“好的。”

女孩儿把原先放在我选定床铺上的一些物品拿下来，放进其他几张空床的缝隙里，贾加也帮她一起清理。

我从行李箱里拿出毛巾和一些物件先放置在床上，贾加帮我询问那女孩儿，在哪里可以购买到生活用品。那女孩儿告诉我们出门左拐大约五百米的地方就有两家超市和杂货店。

一切安排妥当后，贾加跟他弟弟准备离开，我也随他们一道出门。

我们走到公寓大门口，我与贾加兄弟俩分手。看着他们离开后，我朝刚才那个女孩儿指定的超市走去，准备购买一些基本的生活用品，被单、凉席和蚊帐等。

# 第五章 “牧羊村”里的蚁族们

买完物品回来时，我仔细打量了一下住处。严格说，这是一个集体宿舍样的群居区——几年后，媒体人“美”其名曰“蚁族群居区”。这里由一排二层楼房“U”字形连接组成，内部以中间楼梯为界，东西分开。东边为女生宿舍，西边为男生宿舍。每个房间都内置四个高低铺（八张床），通常最多住六人，空出两张床堆放杂物和行李。整个院子一共可住四百多人，居住的大多是刚刚毕业四处寻找工作，或者已参加工作不久的学生——有外地学生也有刚刚从京城高校的宿舍里搬出来的。还有一部分中青年农民工和其他低薪阶层，也有一些三口之家的外地务工家庭。

这里气氛倒很祥和。我住在这里好奇、欣喜而又激动。毕业工作后，我又重新回归到大家庭生活中来。

这里白天比较安静，清晨六七点和晚上七八点钟，水池间里乒乒乓乓的声响却像是在打架，还有洗手间里，便池抽水的声音，有节奏地持续不断。不过，这感觉很好，让我知道我正活在繁闹的人群中。

把身边的环境熟悉完，自己的床铺整理好，我就急着找最近的网吧。

贾加每天都在网上，他见我上线了就跳动着问我在干吗。

“我想我必须找份工作。”我说。

来之前，我就没打算再回去了。至少，现在，我必须在北京找个方式待下来。

“嗯，这是肯定的。”贾加说，“你文字功底好，可以当个编辑。”

贾加给我的建议，也提醒了我。

于是，我把目标锁定在编辑的工种上。我拟了一份简历，在几个招聘网上找需要编辑的用人单位的邮箱投去。

“你住什么位置？”我问贾加。

“北三环，西坝河附近。”停了半天，贾加说。

“我在什么位置？”我问他。

“你在海淀。”他说。

“哦。”

我开始在网上查地图看我与贾加之间的距离。近三十公里，坐车或地铁需要四十多分钟。我十分吃惊，心想，这已经是从钢城到蝉城的距离了。

“你要好好照顾自己。”贾加说。

“我宿舍里的那个女孩儿好像并不友善，她好像不是很欢迎我入住进去。”我告诉贾加。

“我见过她，好像是，别跟她一般见识。自以为是的女人，我见多了。”贾加安慰我说。

“不知什么原因？”

“别管她。你过你的生活，她爱咋样就咋样。她不敢对你怎么样。”贾加说。

我非常感激贾加。我感觉我身旁有个强大的后盾和力量在支持着我。

我来北京只联系了贾加一人，对于北京，我只认识他。我与他电话、短信以及网络联系，有一年多的沟通。贾加在学校里学的是新闻专业，他说，他很想当一名记者，立志成为名记。

投完简历我就回了宿舍。

开始两天我没有与同住的女孩儿说话，谁也不看谁一眼。她每天晚上都会与人通电话，聊很久。我睡在她的斜上方，能听出对方是男生。她与对方相互嘲笑。她说北大、清华的研究生，都不如本科生。她还说，跟她认识的至少也得是清华的。人大的，她根本就看不上。别说什么对外经贸、农大、科大……还有林大、地质大学了！如果你是北大、清华的研究生，她也不会搭理你，要是这两所学校的本科生，还说得过去。

我立刻联想到贾加所上的学校。我窝在床上假装看书，我的耳朵和注意力完全放在倾听她与别人的电话聊天上了。

接下来就是一些闲扯淡的东西。嘻嘻哈哈、吭吭叽叽地，她聊得其乐无穷。聊到开心时，她笑起来，床铺也跟着抖，床挡“吱呀、吱呀”地响。

她一与别人打起电话，就没完没了。有时两个小时之久，有时达三个多小时。我挺为她担心电话费的。

我观察了她几天，她几乎什么事都不干，白天睡觉，晚上煲电话粥。在下午六七点钟，才起床。起床后，睡衣也不换，就去斜对门的宿舍。她在那里吃饭，那边好像也住了四五个与她年龄相仿的女孩儿。

大概是第五天，她竟主动找我说话，她把一个电饭煲主动借给我用。

“你是哪里人？”傍晚时，她突然问我。

“钢城人。”我告诉她。

“哦。我老家在蝉城附近。”她说。

“是嘛！那我们距离真不太远。来之前，我还去过一趟蝉城。”我说，但没告诉她我去蝉城做什么。

“以后你叫我彦彦吧。我在北京读法律，现在正在复习，准备考律师资格证。”她说。

“好的，我叫周莉。”我把我的名字也告诉她。

“你来这里准备干什么？”她问我。

“还不知道呢，正在找工作。”我诚实地说。

“哦。挺好，虽然我还在复习，但平时，我也在投简历找工作。”她说。

“住这里不要太受拘束。”她叠着被子说，“空闲时，你可以去对门转转。对门的女孩儿们都很好。她们五个都是内蒙古人。很豪爽，不拘小节，容易亲近。之前，她们是在一个职业学校读完书，被学校集中安排进了北京一家科技公司。那家科技公司制度不好，工作又十分辛苦，一年后，她们都出来了，各谋生路。”彦彦告诉我。

我仔细地听着，点头记着。

后来，由彦彦介绍，我跟对面的宿舍也混熟了，偶尔她们下班回来叫我过去跟她们一起吃她们煮的面条。彦彦不在时，她们中一个叫林语的女孩儿悄悄告诉我说彦彦特别懒，平时什么事都不做，总爱讨她们小便宜。

我摸不着头绪，有些吃惊。

“我们都这么辛苦了，每天的工作都很累，回来还要做菜、做饭给她吃。”林语说。

“既然她现在无所事事，她可以做给你们吃。”我说。

“她才不会！懒得要死。刚开始，她硬要过来与我们一起拼，要不是在一起住这么久了……谁也不想伤谁情面，是吧？”林语继续说。

“她在这儿住多久了？”我问林语。

“不知道，至少有三年了吧。我们来之前，她就住这儿了，已住很久了。”

“她说她在考律师资格证。”我说。

“你听她说！她都这样说了三年了，从没去报名。”林语翘起嘴角说。

我依旧很吃惊。

“她正在投简历找工作呢。”我说。

“找工作？你见她去面试过吗？”林语冷笑道。

我意识到，林语突然提醒了我，我来这里与彦彦同居十多天了，确实没听她说要去面试的事。

“她就打算这样在这里待个几年，熬过找工作这道关。几年一过，她可以向父母交代说，北京没一项工作适合她。然后，她就可以顺利骗到父母的养老金，并且将身体保养好，过个两年，找个有钱人嫁了。”林语继续小声地跟我说着，表情上露出了一丝鄙夷的神情。

“她好像有男朋友了。”我告诉林语。

我把彦彦每天晚上煲电话的事告诉给她。

“她也只能这样，瞧她长那样，谁会要她？又那么懒。”林语是指彦彦长得矮胖。彦彦确实长得不太好看，腿粗、臀大，脸部肌肉凸鼓着簇拥在鼻翼两旁，凸鼓着的肌肉结实、坚硬。眼睛细长，眼睑内陷，长时间的睡觉和喝茶，让她长出了很严重的眼袋。从彦彦的言谈和举止以及看人的眼神里，很容易让人判断出她意识里拥有一股严重的媚俗气息。

“只能在电话里跟别人瞎吹，长相见不得人。”林语嘲笑地说。

“每天只知道在我们这些宿舍里乱窜，到处品尝别人下班后回家做的饭菜，自己就不用做了。既懒，又小气。”林语继续说。

“她家庭条件应该不错。”我说。我还是挺想为彦彦捍卫点儿什么。

“听她吹。如果真好，谁还住在这里。干吗不去闹市区住高楼？住单身公寓。你想想嘛。”林语说完，起身去水池间清洗碗筷，留下我愣在那里。

我无话可说了，开始思考些什么。

大约过了十来天，我们房间里来了一个陌生女人，三十五岁左右。她有我们宿舍的钥匙。她进来后，诧异地看了看我，就直接坐进我下铺的蚊帐里。我看出她个头儿很矮，一米五左右。身材敦实，皮肤黝黑，嘴唇很厚，头发也很厚，粗粗地聚在脑后扎了个独辫，单眼皮、四方脸。她一句话都不说，坐在我下铺的床沿上，忙着“呼呼”地吃火腿肠和泡面。

我想，她应该就是住我下铺的那个人。

“你住这儿？”过了很长时间，她见我在房间里摸索，主动问我。

“是的。”我回答她。

“怎么称呼你？”

“周莉。”我说。

“哦。我叫吴迪，看你比我小？以后叫我吴姐好了。当然，叫小吴也行。”她吸着泡面翻着眼皮，神情怪怪地说。

“还是叫吴姐合适。”我也笑着说。

“我的被单是你帮我卷起来的？”她又问我。

“哦。是的。”原来，她想问这个。

“昨天傍晚下暴雨。真没想到，屋外下大的，屋内就下小的。我跟彦彦轮番接了十几盆水。”

我赶紧将昨天下午下大雨房屋漏水的情景详细描述给她听，但我没说暴雨刚下时，我正从外面湿漉漉地赶回来，回到家，屋子里已四处是水。她的被单边缘也溅到了水。我帮她将被单卷进床铺内侧，没动她床上的任何东西。

“这个房间就这样，所以才一直没人来住，别的房间都住五六个人，但这间只住了我跟彦彦俩，你刚来不知道。”她边吸着泡面汤边说。

“之前来过几个女孩儿，后来都搬到别的宿舍去了。这间屋顶是通的，漏水漏雨。”她笑着说。

我心里踏实了些。

“没人修吗？”

“修过很多次了，修了又坏。这样的破房子，怎么修也就这样，凑合着住吧。”她又喝了几口面汤，我能听出，她快喝完它了。

“我这床铺开了两年多了，不常住，偶尔中午过来休息一下。”

“你家离这远吗？”我问她。

她把壮实的小腿从床沿上放下来踏上拖鞋。“你来这里见过8008路公交车吗？”

“见过。”

“我是那路车的售票员。”她告诉我。

“哦。”

“以前，我是首钢下属工厂的一工人，厂子倒闭解体后，我们都重新找了工作。还好，政府照顾下岗女工，我被优先招为售票员了。”她说。边说边收拾刚才吃面的桌子。

“我坐过几次8008路车。一回都没遇上你。”我笑着说。

“经常坐的话，总有一次会遇上。”她也露出了微笑。

“那你千万别不收钱。”我笑着与她开玩笑。

“这得看运气，能躲过，自然不收。”她说得很爽快。

她扔完泡面盒子后，回来整理床铺，然后很快就躺进去睡觉。直到傍晚，她才醒来。

醒来后，她就背上包又离开了。

晚上，等她走后，彦彦告诉我，她是个离婚女人。离婚后，一些东西必须从家里搬出来。她就在这里开了个床铺，偶尔来住，她现在正跟一个公交车司机谈恋爱。

“那男的看样子肯定是个有妇之夫。”彦彦肯定地说，“那司机有辆破旧的夏利车，他们来时都开着那辆破车。”彦彦一边快速地嗑着瓜子，一边漫不经心而又不屑地说，“不过，谁知道呢。两个人经常一起来这里睡午觉。我可先告诉你，得有个心理准备。这两人睡觉时的呼噜声，那可真叫大。尤其是那个男的，睡熟了，像头牲口似的。”彦彦夸张地说。可以看出，她对她并不十分友好。

一周后，我终于亲身体会到了传自下铺的这两人震耳欲聋的呼噜声。

彦彦早有预知地塞上耳机，拉严蚊帐躺在床上听歌。我躺在床上，辗转反侧，烦躁不安。他们俩睡一头，头朝东，我原本也头朝东睡，因为他们的呼噜声，我只得掉转枕头，朝西，睡在他们的脚上方，跟彦彦一个方向。躺下后，却丝毫减轻不了两人的呼噜声给我的耳膜带来的震动和刺激。

这时，我才意识到，我也应该买一个耳机，但我现在没有耳机，我只好从床铺上爬下去，带上门，走出“牧羊村”。

我在“牧羊村”附近的小道上买一袋橘子，拨开吃，来来去去，四处晃悠。

# 第六章　贾加说我有做大“屎”的潜质

一周后，我收到一个叫《美丽女人》杂志的面试通知。到了杂志社后，对方觉得我条件不错，办理了入职。

早餐在路上买了吃。早点摊上，我常遇上一拨身穿同样白色T恤的女孩儿，衣服上印着“第三极”字样的黑色LOGO，青春活泼，我禁不住向她们望去，十分流连。后来我才知道，“第三极”是书店的名字，是一个庞大的民营书店，它高高矗立在中关村最耀眼的位置。工作间隙，我跑那里转转。后来每个周末，整整一天我都将自己埋在了那里。

“读书的过程不如选书，选书是最有效的读书。”我把我常去第三极书店看书、买书的事告诉贾加后，贾加告诉我这样的歪理。

在“第三极”时，我每拿起一本书，先看它的价格，价格在30元以上，我将它们选定，收集成一摞，搬到某个隐秘的角落里快速将它们翻完。如果翻不完，就在随身带去的一张纸片上记下页码，下回去时再接着翻看。单本25元以下的，实在喜欢，不忍心放手的图书，我会毫不犹豫地把它们买回来。

读完那些书后，我会把知识点、新获得的认知和理解跟贾加在网络或电话里进行分享。如此坚持了三个月，我发现贾加自第一天接了我，第二周周末与他弟弟又一起来看望了我之后，我再也没在现实中见到他。

“我们相距的距离太远了，来回一趟得好几个小时。”贾加说。

我想想也是。我思索着准备换工作。我在招聘网上寻找北三环附近的工作单位。需要编辑的单位不太多，但有几家医院缺人。尤其有一家高端女子医院正在筹建，各个岗位都在招聘。我投去了简历。

两天后，我接到那家医院人力资源部一个女孩儿的电话，通知我去面试。

在约定的时间，我赶到那个叫“Jenny Hospital”医院的行政楼二层面试。凭我以往三年的工作经验，面试没费什么劲儿。那女孩儿向几个院领导汇报，他们相互通了通气后，告知我下周一就可办理入职手续，说安排在手术室。

回去的公交车上，我给贾加打电话，兴奋地把这一消息告诉给他。电话里，贾加表示祝贺，但他似乎有些紧张，吞吞吐吐的，我不知何因。我猜他可能在单位正忙，不方便与我通话。

我赶紧简明扼要地说这周末我可不可以先把行李从“牧羊村”

的宿舍搬出来，寄存在他那里，入职后，两天之内尽快在医院附近租到房。

贾加说他也正在找房子。我说真巧。贾加说他准备搬去公主坟，跟两个搞摄影的朋友合住，他们是他多年的兄弟了。他还犹犹豫豫地问我身上的钱多不多？我默默算了算，大概还有两千多块。我说："有一些，怎么了。"

辞去老家医院的正式工作，由于父母的气恼，我没能多带钱出来，随身口袋里装的是我与原单位结算的最后一个月工资。

贾加说："你先借一千五给我用用，行吗？下个月发工资还你。"

我说："当然可以。"

我把钱从口袋里掏出来数出一千五叠放在一旁，为借给贾加做准备。然后又数了数剩下的钱，还有六七百元加几元零头。

回到宿舍后，我给"Jenny Hospital"人力资源部面试我的那个女孩儿打电话，询问医院可否安排住处。女孩儿说医院有集体宿舍，不过，是半地下室，就在医院门诊大楼下面，免费住。女孩儿还详细说，每个员工每月都有300元的伙食补助，办理好入职手续后，员工当天就可以领取这张伙食补助卡，以后每个月月初会计都会把伙食补助划进卡里，平时直接去医院食堂刷卡就餐就可以了。她还把医院食堂具体的位置说给我听。我听了大喜，赶紧又给贾加打电话，说可以借钱给他。

周末，贾加来取钱，我邀他去第三极书店，贾加说我带你去另外一个更好的地方。

“单向街。在圆明园东门。”贾加说，“负责书店的那个经理我认识，最早是图书城‘野草’书摊的店员，干了很多年，后来被挖过来做了经理。”

一边走，贾加一边向我详细介绍。我能感觉出贾加对这家书店非常熟识和钟爱。

“之前，我特喜欢图书城门口那个卖打口碟的。我在北京已待六年，刚来北京时就见他站在路边卖那些碟片，六年多来，他一直在卖。估计他卖这些打口碟的时间，已超过十年了。我对始终如一坚持某一行当、某一状态的人，特别敬仰，他们值得敬佩。贾加又补充说，“卖打口碟的那哥们曾告诉我，自他卖打口碟起，总有一个戴着超大黑框眼镜的青年去他那儿选碟。他说他叫汪峰。”

“我更喜欢许巍。”我告诉贾加。

“许巍是不错。”他跟我说了很多关于许巍的事。

我被贾加说得浑身激动地问道：“你搞音乐有多久了？”

“不长，还是读书时。出来跟人后面学吉他，组建乐队，但是没办法活，只能是闹着玩。租个民房，用棉被把门窗封死，几个人躲在里面‘嘣嚓、嘣嚓’地练。”贾加说。

“为什么要把门窗封死？”我问他。

“声音大，否则扰民。当时，大家都不太会，胡乱敲打，乱弹琴。”贾加不好意思地大笑起来，笑的样子非常可爱，露出一口整齐的白牙。贾加嘴唇很单薄，有络腮胡子，但被他理得很干净，零碎披散下来的长发后面，可以看见他的面色格外苍白，嘴边有青灰色的胡茬儿。

“有出去演出过吗？”我问贾加。

“没地方演。去天桥、地下通道，警察赶，只要撞上，他们就直接用脚踹琴。要是反抗，实在赶不走，就带去昌平筛沙。”贾加激动地说。好像他都曾经历过似的。

我不大相信，微笑着幸福地看着他。

他迎着风，甩了甩头发。“说说你去蝉城的事吧。”贾加想转换话题。

“感觉挺差劲的。”我说。

我把那一晚遭遇赵大强、肖梅以及林一尘的事全说给贾加听。

“还是你自己太差劲了吧！看看，那么多人，竟没一人看上你。”贾加不由得取笑我。

“我才不稀罕跟他们扯上关系。”我说，“他们个个都喜欢妖艳的女人，妖艳谁不会？”说完，我停下来，搔首弄姿，故意摆了几个妖艳的动作。

贾加笑得前俯后仰。

贾加对蝉城文艺圈的事也比较熟悉，在我关注的同时，也介绍给贾加认识和关注。我去蝉城的事没直接告诉吴桑，却在网上告诉了贾加。他挺支持我去参加那个聚会。贾加说他特别喜欢其中有个叫老寒的，他学哲学出身，后来辞去大学教师职务，专业写作诗歌和小说。老寒比较狠，语言、思想尖锐，得理不饶人。贾加认为他的思辨能力特别强，在文艺圈的唇枪舌剑中，无人能及。

“人家说得就是有理。”贾加说，“我在他的理论中能够摄取方向、获得力量。”

我与贾加在这方面认识不一样。我倒觉得老寒的观点过于偏激，他有点儿猛抓他人错漏的小辫子不放，从而达到确立自己观点的目的。

“蝉城回来后，我把那群作家的作品又重新阅读了一遍，我倒是挺喜欢林一尘最初写的那两篇小说，他是一个善于向内探索的作家，长句式的语言给人一种敏感、忧伤、阴郁和莫名其妙的焦躁感。”因为前面说蝉城聚会时，刚刚提过林一尘，所以我特意把他的作品提出来说。

“不过，这样的作品生命力不会太强，有一定的局限性。”贾加分析说。

“是的，我也这样认为。”在很多知识的认知方面，我跟贾加的观点几乎一致。

“另外，我最喜欢其中一位叫老顾的，他写的所有作品——几乎都是短篇——篇篇经典，无论是语言，还是结构安排，都很紧密，从不浪费笔墨。”我说，“老顾的语言闪着金子样的光，每一句都有趣、耐读，充满了幽默和智慧，让人在自我嘲弄的语境中被感动。

他把都市生活中的人与人之间相处的无奈和悲凉都展现了出来。”我继续说。

“我没怎么读过他的书。”贾加如实说，“后来，他好像去了南方？他一贯比较低调。”

“这个，我不是很清楚。”我说。

“我觉得如今很多作家只是为了写作而写，都不知道小说是怎么回事，很多人变着方式玩些小花招，充其量仅仅只能称为‘小品’。在我的阅读经验里，唯有老顾是特殊的，他懂得什么才是小说。”我又说。

“小说，诗歌，我都不懂。”贾加见我越说越严肃、认真，他故意虚晃一枪，坏笑着。

“你不觉得我有做大师的潜质吗？”我也忘形地得瑟、自诩，与贾加打趣，开玩笑。

“嗯，大屎。确实很像一大坨屎。”贾加装作发现新大陆似的，瞪大眼大吃一惊地上上下下、仔仔细细、认认真真地绕着我转圈圈，瞅着我。看完，他扭过头，扬起下巴哈哈大笑。

我气得也扭过头，不再理他。

我们到达单向街门口时，看到书店外的场地正举办活动，或坐或站着很多年轻人。一个小文艺沙龙讲座。我和贾加寻两把椅子坐下来听，才知道是一个游记作家正签售他刚刚出版的摄影作品集。那个作者坐在藤椅上，接受主持人的采访。贾加紧挨着我，轻声向我介绍，那主持人是老板之一。我向他看过去，他一头卷发，中分披散下来，过肩，头顶处尖尖的，枣核形脸，鼻梁处很饱满，戴着一副黑框眼镜，穿着很朴素，拖鞋、牛仔裤和乳白色短袖T恤衫。T恤衫的领口已松弛、脱线，磨破的毛边零零碎碎地挂在颈脖周边——这衣服像是穿了很多年，套在他身上却是另外一种味道——一股智者的简朴。不是通常意义上的破旧。

“一群小众公共知识分子。”贾加向我介绍，“他们立志以此方式影响一代年轻人。”贾加又说，声音很轻，像是自言自语，“很多北大、清华等高校的学生都来这里听讲座。”停了一会儿，贾加继续告诉我。

那位游记作者说，他们老家山清水秀，四季分明，生活恬适、安逸，没有人愿意走出来，但他们家从小贫寒，待在那里没任何出路，所以，十来岁时，他不得不走出家门求活。出来之后又发现，凭他这等要才没才，要长相没长相的样儿，也没什么好地方愿意收留他，他只好到处流浪，各处走走碰碰运气。没想到，去过的地方多了，积累起来，倒使他成了一个特立独行，极具个性的旅行家。

听众都呵呵笑起来，贾加也笑了。我从侧面看贾加的脸，这时，他笑意舒畅，脸色红润，眼睛放光。他的神情异常美好。

讲座没听完，贾加示意我去书架那儿看看。

我们起身，跟在贾加身后走进书店。贾加挥了挥手跟一个店员微笑着打了打招呼，然后去书架选书。我跟随他走到书架前浏览。

贾加又轻声说："他就是那个经理。"

我恍然大悟，回头仔细看了看他。

贾加对图书行情掌握得十分清楚。他一边选，一边与那个经理嘀咕着交流。

我抽出一本书，坐进靠墙的沙发上，欣赏眼前的一切。

阳光从沙发背后的窗户照进来，落在我身上，又照亮了书架上各式各样的书籍。那些书籍自信地躺在阳光里，自然地闪着耀眼的智慧和光芒。

贾加把他选中的书逐本递给我，我接过来，翻开书页简单浏览。实际上，我根本看不进去，我想看的是贾加认真选书时的神情和模样。他在书架前的光影里忽闪忽闪地散发着幸福的光。

我觉得此刻十分美好，即使整个书店都充斥着咖啡的甜香，贾加并没有提议喝一杯。我清楚我们身上并没有多少可用于奢侈消费的钱。

贾加偏爱文艺理论、哲学、历史、经济类书籍。小说、诗歌他也喜欢，但他认为这是次要的选择。

"小说、诗歌是精神需求，但解决不了根本的现实问题。"贾加经常与我辩论，"最牛气的是哲学、逻辑学、解构学、符号学。"他接着说，"历史，能从宏观上指明方向；经济学，可以教会你如何解决生存问题。当然，我说的这些，都是针对我自己个体而言。"

贾加说到兴奋处，会停下来几分钟，那间隙里，他会不由自主地用他勾起的右手食指趁我不备时，轻轻刮一下我的鼻尖——当时对贾加来说，算是他对我最亲密的爱抚——这让我有出其不意的激动，我的心脏总会突然惊异地“怦怦”狂跳几十秒，直至我羞涩得面红耳赤。

“任何一个领域，认知水平到达最高峰，他们是可以进行对话的，不管是艺术家、还是企业家、政治家、历史学家、哲学家或在数学、物理、化学等领域的科学家，他们的智力、理解力处在同一层面。这有如攀登一座高山，大家只不过是从不同的方向、路径上去。最终到达的是同一个山顶，见到的也是原本存在那儿的同一件事物，也就是殊途同归。”贾加说。

我赞同贾加说的这些观点。

“你可以融会贯通，把几大学科进行整合，横向、纵向做一项研究，建立一套完整的、极具说服力的理论体系。譬如以数学、物理、化学、哲学、神学等方式和途径共同阐述山顶上那个原本存在的苹果或者鲜花。”我鼓励贾加。

“这不是我的工作。”贾加说，“我永远不会知道那么多。”

我没想到，贾加会流露出特别沮丧的神情。

“我们每个人懂得只会那么少，只有天才才了然一切。”贾加接着流露出十分愁苦的表情。又说，“我们所知道的，竟是一些毫无意义、扯淡的东西。”

与贾加交流的越深入，我时常感到捉摸不透贾加究竟在想些什么。因为很多时，他激情澎湃，但持续不了多久，很快，他就会非常沮丧和气馁。

“走了，回家了。”贾加选完书后，催促我。

他走到沙发旁，挨近我，见我仍不想起身，他又忍不住用手指刮了一下我的鼻尖。

我们到收银台交钱，店员计算了一下，书钱太多，贾加又拿起选定的书翻看了一下，想了想，还是放下了其中两本厚书。贾加说，下回再来买。他只要了自己迫切想拥有的两本。

贾加在这里的购书积分已有一万多分，就是说，他在这里已经购书一万多元。

路上，我把答应借他的一千五百元给了他。

“真希望将来我自己也能拥有一家这样的书店。”走出很远后，贾加看着自己手中的书说。

最初，贾加吸引我的，不仅仅是那句他习惯而又不经意的“妞”的称呼，对我更有诱惑力的，是他时常把萨特的理论提炼成一句他很有感悟的话说给我听：“生命本身是毫无意义的，只有寻找生命意义答案的过程才是有意义的”。

对他的总结，我为之疯狂。

我反复咀嚼他对我说的这句话，又看着我身边B超操作台旁的木床上，躺着的那一具具即将死去，或者侥幸还有那么一线希望存活下来的身体。我对他们的宣判经常会变得迟疑、困惑。我不知道我该怎么做。我不知道我是不是该肯定地告诉他们，是的，你，你的生命即将完结。

我不能见人悲伤、流泪，但我却无能为力。我唯有同情地站立一旁看着，看着他们走出我的房间后，走向消亡。

慢慢地，我逐渐变得麻木，最终连同情、怜悯也逐渐散失，对他们的哭泣和哀号无动于衷。

贾加敏感、脆弱，他渴望从别人的思考和智慧中推敲和捉摸出生存的力量。

据贾加说，年轻时，他还没来北京读书，他经常躲在被窝里偷听收音机，他喜欢夜间电台里播放的各种摇滚乐，他喜欢听那些发自心底的呐喊和嘶吼。久而久之，他对列侬、对滚石、对枪炮玫瑰……对所有了不起的乐队向往不已。

后来考入北京高校，课余，他尝试过练习吉他，与校外的几个青年组建乐队。但最终，没弄出什么名堂，毕业后，树倒猢狲散，就不了了之。

贾加悲观意识强烈，他极度嬗变，经常会在自我思索中迷失方向。所以，他强烈地寻求阅读，渴望尽快能在某人的思想里得到一些明示。

# 第七章　贾加在北京深刻体会着艾略特《荒原》的恐惧

“Jenny Hospital” 入职手续办理完后，我把包裹简单地打理一下，搬进了医院地下室，很多员工同样住在里面。因为是医院，又是新建的大楼，即使是半地下室，设施也都齐全，每天都有人负责清扫卫生，特别干净。

贾加每天晚上都来看我，周末有时也过来。他不来时，我就独自坐车去第三极书店，在书店里待一下午，然后选购一些便宜的书回来。

贾加来看我时，晚餐，我就不用在医院食堂吃，我们一起去附近街道上的饭馆里用餐。有时是馄饨，有时是拉面、烤串，或者吃一碗酸辣粉和各种盖浇饭。偶尔去武圣路一个好点的餐馆炒两盘素菜加一碗素汤。

贾加每月刚领取工资时，我们会吃的好一些。随后的日子，就捉襟见肘。我领工资的前两周，也会请他吃好一点儿的饭菜。我们认为最好吃的还是医院斜对面老城一锅的羊蝎子火锅，每月初会去吃一回。

刚开始，我们不知道那里的面条必须由服务生拿在手里玩着花样撑长、撑细后，截成一小段一小段，才能放进汤锅里煮熟了吃。第一次去老城一锅，贾加很绅士地给我涮着菜，也将整根面片一下子放进锅里，结果煮熟了像海带片那么宽厚，怎么嚼都生硬得嚼不动。服务员站一旁发现了，上前告诉我们不是那样煮的，然后补加一份演绎给我们看。我跟贾加面对面坐着，忍不住彼此大笑。

贾加最大的消费就是买书，几年他都不舍得购买一件衣服。冬天时，他始终穿一件白色齐腰的貂毛（仿真貂毛）大衣。他偶尔理发，头发总是披散下来被风吹得蓬松、凌乱。他只有来见我时，才会理干净胡子。

贾加经常来医院看我，从不愿进我在医院地下室宿舍的房间。他说那里人多不方便。我们就从吃饭的地方出来，一路聊着天。他把我送到医院后，我又不舍得他离开，又转为我送他。

贾加说："我现在住在公主坟。"

我只好送他去13号线地铁站。进了地铁后，我知道他还要转2号线，再换乘1号线回公主坟。我为贾加每天这样不辞辛苦来看我，又这样奔波着回去，感激不已。

这样的生活，持续了一年多。后来，节假日没人在时，我强力邀请贾加去我宿舍参观。贾加拗不过，只好答应随我进去。

宿舍里女孩儿全都趁假期出去走亲戚，或者购物、约会去了。贾加靠在我宿舍床上，拿过枕头垫在肩下支起脑袋。

他说：“我现在深刻体会到，艾略特《荒原》里的恐惧。人，应该生活在人群中，才能够感受到安全。”他还说，“你不知道托马斯·库恩，有多了不起。有一天，他去某一广场上的咖啡馆喝咖啡时，看到窗外很多鸽子飞落在广场上的人群中觅食。人们总以为那些鸽子是杂乱无章、随意地起飞，又随意地落下，但托马斯·库恩却不这样认为。他猜测它们肯定依据着某一既定的规律。于是，他坐在那个窗口开始观察，开始计算，仅用了二十分钟，他就算出实际上，鸽子是每相距多少分钟必定会飞落下来觅食一次。你知道吗？我们平时从不经意的万事万物，它们都依据着某一特定的规律和模式运转着。你知道吗？世上，最了不起的人，当如黑格尔那般能够研究和发现出特定规律的人。这些人都是上帝选定的。上帝给予他们能够发现这些秘密的密码和钥匙。真正牛气的学科当属逻辑学。最有趣的属符号学。”贾加边说边躺在床上，样子像自言自语。

我侧过身子看他的眼睛，贾加的眼睛却看着天花板。他完全沉浸在自己的思考中。

“我们应该谈谈恋爱。我爱你！贾加。”我忍不住说。

我见他思索得这般辛苦。被我这么突然一提，他立刻沉默了。

“你真想？”安静了很长时间，贾加问。

“嗯。”我回答他。

我们俩谁也不看谁，继续躺在床上，看着天花板发呆。

“没有地方。”贾加说，“这里是公共宿舍，肯定不行。”

“嗯。到你家呢？”我鼓起勇气问贾加，尽量镇定。

“有室友在，不方便。”

“那怎么办？”我接着问他。

我们都沉默着。

“我知道附近有个旅馆。”贾加突然说。

我只感到心脏“怦怦”一阵狂跳，根本不敢看他。

“要不，我们出去了再说。”贾加又想了一会儿说。

沉思片刻后，我们俩下床，穿鞋，把被子、被单整理好。

外面很冷，已近十二月的天气，还没有下雪，刮着风沙。

贾加把衣领竖起。我围上围巾，戴上一顶灰色线帽，遮住半张脸。贾加走在前面，我跟在他身后。

贾加对这一片好像很熟。很快，我们走到一家标注“京城旅馆”的门前，贾加停住，站在门前犹豫不定。大概两分钟后，他说，“还是去别的地儿吧。”

我们抗拒着风沙，接着向前走。

走了很长的路，我们来到了北三环路边上。贾加带我到了一个公交站牌前，我看到熟悉的8008路车。我从“牧羊村”公寓来这里，坐的就是这趟车，但我一次都没遇上过“牧羊村”同过宿舍的售票员吴姐。

很快，一辆8008车开过来，贾加走了上去。我也跟上车，我心虚地向中间售票员的位置看去，仔细辨认，幸好不是吴姐，但我似乎又盼着那售票员是她。这样举棋不定的想法，令我的脸庞火烧火燎。

车上人不多。

“是去‘牧羊村’吗？”我低声问贾加。

刚到北京时，贾加帮我安排住在“牧羊村”，我一直想问他，他是不是对那里很熟，但一直没找到机会。后来我搬出来了，也忘记了要问他。

“你是不是对那片很熟悉？”我又问道。

“毕业前夕，我在那附近住过一段时间，对那周边有点儿熟。”贾加说。

我在心里默默计算时间，我在网络上认识贾加时，那个时间段他应该正住在“牧羊村”附近。我不由自主地联想到没搬出来时，我常常晾衣服经过那里的男生宿舍窗口，那些男孩子坐在窗户里面的床铺上，噼噼啪啪地击打着电脑键盘。很早以前，他们其中有一张面孔，就是贾加。

“有一天晚上，你鼻子流血了，还记得吗？”我问贾加。

“嗯，我有鼻炎，鼻子会经常流血。尤其是冬天，北京气候又十分干燥。”贾加说。

“有一回特别严重。”我提醒他。

他没说话，大概已忘记了那一回。

那回，已是深夜，贾加发手机短信给我，犹犹豫豫地说：“傍晚，我突然感觉很伤感。”我问他：“什么原因？遇上什么事了吗？”贾加说：“北京这样大，每个人都显得如此渺小，无依无靠。”我感觉他一定有什么心事，或者身边正发生了什么事，继续问他：“怎么了。”他说：“今天下午我鼻子流血了，流了很多，一直不停地流，我突然意识到，如果我就那样死去，没有任何一个人会知道，也没有人会帮我通知谁……”

贾加又说：“记得几年前，我跟一个陌生的女孩儿躺在床上，我们一起唱《东爱》。我们俩就那样唱着，流着泪。哭了很久。屋子里关着灯，谁也看不见谁。我们什么都没做，就那样躺着。哭累了，她就走了。然后屋子里剩下我一个人，周围是无边无际的黑……”

我安慰他说：“无论怎样，你发生了什么事，都要告诉我，虽然我不在你身边，但我会一直关心和关注你，帮你出主意想办法，我希望能够给你一些安慰。”

贾加说：“是的，我必须承认，我很喜欢你。但是，我却不知道我该怎么办。”

我给贾加回短信说：“我也爱你。”然后我把手机塞进了枕头下面，把身子蜷缩进被窝，头也缩进被窝。我在被窝里感受周围和他一样存在着的无边无际的黑。在黑暗里贾加坐在公交车的最后一排，独自一个人朝回家的方向颠簸而去。

现在，我跟贾加一起坐在公交车上，向“牧羊村”的方向赶来。

一年前，贾加说他孤单。一年后，我陪在贾加身边，贾加却彻底忘记了那个傍晚。

他说人的情绪总在捉摸不定地变化着。

还没到“牧羊村”，贾加就示意我下了车。

贾加走在前面，他好像确实比较熟悉。我们走进一片民宅。一条巷子接一条巷子地穿行，四周很黑，有流浪猫偶尔蹿出，还有几声突然炸响的狗叫。

我告诉贾加我好害怕。

贾加这时握住了我的手。

穿过几条巷子，前面隐约见到一条小街，路灯逐渐亮了起来。

贾加径直向一个标注“旅馆”的牌子走去。楼下没人，异常安静。我们从后面的一个外置楼梯上去。楼梯是铁的，很窄，走在上面，发出鞋跟触铁“咚咚”的响声。

二楼中间是个过道，两边并排大概十多个房间，好几个房间的门口凌乱地陈放着里面人的鞋子——男士运动鞋和女子劣质的高跟皮鞋。几乎没什么灯光，隐隐约约的，像一场老式电影里闪闪忽忽、抖动不止的黑白镜头。

“太恐怖了！”

我拉紧贾加的衣角，浑身冰冷。

“算了，走！”站了一会儿，贾加赶紧转身扶我下楼。

走回到街上，我忍不住问贾加：“你以前来过这儿？”

“没有，但我知道这儿，以前我有几个哥们带女朋友来过。”贾加说。

“也太恐怖了吧。”我深深地喘了几口气，说道。

贾加表示赞同，他尴尬地顾自笑了笑。

我们又跑回公交车站，坐上 8008 路车回家，售票员依然不是吴姐。我暗想，幸亏不是她。不然，她见到我，肯定会问“有多久不见了？你现在去了哪里？怎么又回这儿了”等等很多问题。

我不再像来时那样紧张了。回去的车上，人更空，车行到一半路程时，只剩下我和贾加了。中年女售票员疲倦地偶尔抬起头来，扫一遍车厢，眼神落到我们身上时，她定睛看了看。我猜她可能想问我们到哪一站下，但她望了望我们后，还是没有问。垂下眼皮，继续小憩。

我们坐在公交车的倒数第二排，我把手搭在贾加的膝盖上，贾加看了我一眼，他把我的手拿起，放在了他的大腿根部，尽量塞进他的上衣角里。

我双手依旧冰冷，贾加的衣服里有些热。我稍微动一动手指，就摸到了他那件白色仿貂皮大衣里面的棉毛衫。我的手指尖能触出贾加的胸膛很结实。

我侧头望了他一眼，露出苦涩的笑容。

我的意思是，看来，今晚，泡汤了。

我又把手移到贾加的大腿之间，他的大腿之间很热。贾加的手放在衣服外面，他从上衣角外面紧紧地握着衣服里面我的手。

公交车晃晃悠悠一个多小时才到了“Jenny Hospital”附近。走下车，贾加看看手机的时间，已经是夜间 11 点 25 分了。

“还想多待一会儿吗？”贾加问我。

“嗯。”

我轻声而又肯定地答复他。

贾加环顾四周，我们几乎同时看到马路对面一栋高楼，楼前亮着招牌“左右里商务酒店”。

“那儿贵吗？”我问贾加。

我知道我与贾加早已心知肚明。

“不知道，应该不会超过二百五。”贾加猜测说。

“去问问？”

我与贾加相互看着，他有些胆怯，我也很紧张。

“我去吧。”我鼓起勇气说，“如果不超过二百五，我们就开一间房。”

“嗯。”贾加支吾了一声。

“你开好房，把房间号发短信给我。然后我上去找你。”贾加说。

“假如有警察查房，怎么办？”我有些担心地问贾加，“我们必须先清楚对方。”我说。

我的名字以及单位和老家住址，之前都已全部告诉了贾加，在“牧羊村”开床铺时，贾加见过我的身份证。但贾加因为平时很少谈及自己，所以，我还不知道他的具体工作单位，以及其他情况。我对贾加熟悉的仅仅是他的名字和他的手机号码，以及贾加的思想和敏感、脆弱的内心。

“我在一家广告公司做策划，单位地址，是阳彬大厦。”贾加犹豫了好大一会儿，想了想后告诉我。

“公司在什么位置？”

“东直门。”贾加想了想说。

“什么阳？什么彬？”

我一一问清楚了，然后勇敢地朝那个酒店走去。

手续办理很顺利，一百七十八元一个单人间。我开好了房间，自己先上去，把灯打开后，给贾加发了短信。没一会儿，贾加就上来了。

由于紧张，贾加敲门时，还是吓了我一跳。

我的心情异常激动，抑制不住，不知是不安，还是喜悦。

贾加先去洗手间，他从包里掏出一本书，带了进去。

几分钟后，我见贾加还没出来，就轻轻推开门，从门缝儿里看到贾加坐在坐便器上看书，他看得非常投入。

我退回房间，整理床铺，坐上床开始脱衣服。

半个小时后，贾加才从洗手间里出来。我已经脱了衣服只剩胸衣和内裤了，我坐着缩在棉被里等他。

走了这么长的路，又因为紧张和不安，我已经很冷、很累了。

“你真急。”贾加笑起来，露出一口白牙。

贾加绕着床转了两圈，他双手叉在腰间，先犹豫了一会儿，还是快速把上衣和牛仔裤脱了。我看到贾加的腿很壮实。腿毛稀疏地蜷曲在腿上，他身上的皮肤比他的脸还要白。

贾加只剩下内裤，他把眼镜取了下来。我第一次看到贾加不戴眼镜时的样子。他的眼睛内陷，不大。

贾加用眼睛斜视我，抿着嘴，露出邪邪的笑，但这笑是善意的，分明是挑逗和骄傲。

贾加趁我不备，一把把被子掀开，丢下了床。他粗暴地爬上来。

“还盖什么被子。”贾加说。

我为贾加的粗暴而惊喜。

贾加用力扯我的胸衣，我担心被他扯坏了，赶紧制止他，主动解开胸衣的搭扣。

贾加伸出手摸我的胸。

“怎么这么软塌塌的，稀薄无力。”贾加边摸边问。

我赶紧低下头看自己的胸。内衣脱去后，我的胸几乎没有了高度，双乳平塌塌地垂挂在胸腔两侧。

“啊。”

我赶紧伸手护住胸部，怎么会这样！来北京后，我从来没有如此注意过自己的身体，没有时间，也没有心思去在意。一年前绝对不是这个样子。我突然难为情起来，也绝望极了。

贾加又伸手摸我的腰、后背和肚皮。他用食指、中指和拇指，一点儿、一点儿地捏我的皮肤，每一次都能扯拽出一个小山丘，久久平伏不了。

“看，你皮肤松弛得像个八十岁老太太。”贾加一边捏，一边说。

经贾加提醒，我才突然发现，我的皮肤确实如麻袋一样松垮地披挂在身体的骨架上。

我赶紧找衣服，抱在胸前，推开贾加的手臂。

我跳下床，冲进了洗手间。

把洗手间的门锁上，站在镜子前，我睁大眼看自己的身体。这时，镜子里的样子，突然之间让我感觉“她”是那么陌生。“她”根本不是我自己。跟我来北京前，完全成了两个人——但可悲的是，这么一年来，我每天都对着镜子穿衣、梳头，竟根本丝毫没有发觉。

镜子里，我的双乳平坦、下垂，乳房下的肋骨根根可见。胳膊精瘦，皮肤松弛，腰扁平得像块黑饼，不再圆润、白皙、细腻。我的脖子，黑如麻秆，脸皮无肉，眼眶深陷。

天哪！如今，我怎么会变成这个样子！我为那个完全变了模样的自己无限忧伤起来。我无力地坐在洗手间的坐便器上，怎么也站不起身。

我木然地坐了很久，脑中一片空白。我没想到去计算时间，我不知道自己什么时候重新开门走了出来。

当我回到床上时，贾加已经睡着了。他的呼吸十分均匀，却比较粗重。

贾加的头发凌乱地遮住了他的双眼。他的眉毛厚重，黑暗中，让人产生错觉：头发、眉毛根本分不清。空出半边床，贾加右胳膊放置右侧额头处，隔开了我跟他的距离。我拾起落在地板上的棉被、展开，帮他盖上。然后，我自己轻手轻脚地在空着的半边床上，躺了下去。

# 第八章　我也承载和感染上了贾加所有的忧伤和苦恼

清晨，我们很早醒来，什么都没有做。贾加翻过身把他的身体压在我的身体上，让我感觉到他的身体沉重而温热。

很显然，贾加对我的身体已不再在意，也不再感兴趣，这使我非常失落。我企图想向他解释，我想告诉他，我的身体，原本不是这个样子——现今的身体，穿上衣服全面武装，充其量也只有八十来斤，而一年前，按照身高、体重计算，正合标准：105 斤。这样的标准体重，维持了足有五六年。没来北京前，吴桑对我的身材总是赞不绝口，他的朋友们也在他跟前夸奖不已。吴桑说他的朋友们总称赞我是世上身材最完美的女人，他自己也这么认为。我一直嘲笑他不要这样讨好和恭维我。我还提醒和告诫他，女人徒有其表没什么用。

来北京后，从住进“牧羊村”起，我便过上衣食无落、困乏难耐的生活。挤公车、搬家、找工作……前期欣喜不已，后来，逐渐变得焦虑不堪。

我想去把窗帘拉开，被贾加制止了。贾加不让我说话，也不让我开灯。贾加呼吸粗重，他趴在我身上，断断续续地说："前两天出差，已是深夜，我一个人出来，在陌生城市的大街上随意走走，已近凌晨。空旷的街道上，一对年老的农民夫妇，推一车苹果，站在街头卖。街道地面已结冰，雪还没有化。那么晚的时间，几乎没有人再出来，但他们还守候在街道上卖水果，他们总希望能再卖出去一些。可是，在那个时间里，居然还有一群城管出来，他们强硬地从那个老农手里把板车拖走，抢夺中，苹果散落一地，他们可不管，丝毫不关心。一板车的苹果才多少钱？"贾加恨恨地说，"他们硬生生地还是把车拖走了，散落一地的苹果，没有任何人去在意。

"那两个老人，站在寒风里，身穿破旧的棉袄，畏缩着腰背，用冻僵、弯曲的双手抹着眼泪。"贾加叹气地说，他愁苦得有点儿咬牙切齿。

"这个时候，不能不让我想到切·格瓦拉，想到他说："在苦难面前，叫我如何转过头去！"

贾加翻过身，他在窗帘遮起的黑暗中睁大眼睛望着前方，偶尔翻动眼皮。我看见他白色的眼珠在黑暗中异常闪亮。

贾加说话时，语气沉重，我的心情也变得沉重。

贾加的身体压在我身上时，潜移默化中，使我感觉到我承载了他所有的忧伤和苦恼。

窗帘的缝隙里逐渐透出一丝阳光。

“今天是个好天气。”我告诉贾加。

贾加也侧脸看窗户。过了一会儿，他把双腿伸直，舒舒服服地伸了个懒腰，然后说：“快！起床！”

我们起身穿衣，一起整理床铺。

“我昨天看一本杂志，李敖的一个访谈，他说他跟胡茵梦分手，是因为他不能接受胡有便秘的习惯。胡茵梦在他的印象里很完美，但有一天，不小心，他推开洗手间的门，正碰上胡在里面大便，那时候，她正因为便秘而涨红了脸……李敖说，一个如此漂亮、完美的女人，脸蛋怎么能够被便秘如此破坏。所以，他不能够接受，他必须离开这样被破坏了的美，离开这个女人。”

我想起昨天晚上偷窥到贾加坐在坐便器上看书的情景，忍不住，想告诉他这个。

“这是借口。你当真？”贾加愤怒地大声说。我很惊讶，他的愤怒来得这样突然。

“一定有其他不可明言的原因，别人问时，他只能这样幽默地随口一说，搪塞过去。”贾加说。

但我还是为李敖和胡茵梦的分手感到可惜。

假使将来，我跟贾加分手了，日后某一天，有人问起时，不知，我会找个什么样的借口。我心里也莫名其妙突然出现了这样的念头。

我与贾加一前一后很快离开了酒店。

之后，有一周时间贾加没来看我。我们通过电话或短信联系。

有几个夜晚，我竟奇怪地想到吴桑。一年多过去了，不知道他现在过得怎么样，但我还是克制住，没有给他打电话。

“Jenny Hospital”属于私营医院，对于病人就诊量很看重，每天的晨报都要有详细的账目进账汇报，医院领导建议多给就诊者使用高档药品，多推荐医院独具特色的个性化服务，因为这是高端医院，宗旨和经营趋势是办成独一无二的诊疗会所式。

医院开业一年多了，手术室的工作也逐步忙碌起来。我慢慢感觉到体力不支——总感觉身心疲惫。

我跟贾加说，我有点儿不想干了。贾加建议我再坚持坚持，他说北京工作实在不好找，每年都有那么多的大学生毕业，还有那么多外地人涌向北京。北京逐渐向国际化都市发展，目前已如20世纪60年代时期的纽约。

我想了想，还是继续坚持吧。

贾加又相隔两周才能来看我一次，我邀请他来吃我煮的参杂了青椒、洋葱、西红柿的瘦肉面，是我从“牧羊村”那几个内蒙古女孩儿那儿学来的。先把瘦肉剁成末，放入食盐、酱油等调料拌匀，倒入锅内加少许油炸熟，然后放入青椒丝、洋葱丝爆炒，冒出香味了，再把切成丁的西红柿放进去，放上水熬成汤。最后把面条放入煮沸。

这样的面条香郁、润滑，比单纯的西红柿打卤面好吃多了。

我用了一个上午把一切准备工作做好，等候贾加来吃。

贾加来了，他坐一旁，看我做完最后几道程序。

面煮好后，我叫了两个女同事一起来吃，贾加没有动筷子，他安静地坐在一旁看我们热火朝天、美滋滋地吃。他说他不饿。

吃完后，贾加说他下午约了一个导演谈一个剧本的事。

我希望能够陪他去，贾加没拒绝，他答应了。那两个女同事坐在一旁羡慕地看着我跟贾加。

清洗好碗筷，我随贾加走了。

路上我问贾加怎么不尝尝我煮的面条？我告诉他我是特意做给他吃的。贾加说他看见一个女同事的围巾边角落入锅内了。他说他始终觉得医院这个环境，很多地方都有某些病菌存在，而且他最近感觉自己有些洁癖。

我没再说什么。

我们换了两趟车，在一所公寓门口前停下来，贾加打电话跟对方联系。

我们乘电梯，上到了十八层对方指定的房间。门打开，我们进到房间里。沙发顶头坐着一个戴着耳钉、短发、黑衣的英俊男子，他上身套一件黑色牛皮马甲。

贾加与他寒暄握手，他就是那个年轻的导演。路上贾加告诉我他是个香港人，拍过一些很出色的数字电影。

我跟贾加在沙发上坐下来。那个导演说他目前急需一个讲述农民外出务工，孩子留守农村由爷爷奶奶照看的故事，但这个故事要与武术结合，另外还要与悬疑、探险相关。

导演跟贾加说最好这周内就能先给他一个故事梗概。

贾加说没什么问题。然后，我们就告辞出来了。

回来的路上，贾加十分喜悦，像是已经拿到了几千元定金似的。同时贾加问我在跟导演说话时，你为什么愁眉不展。我说我在专心听。贾加说哪有人专心听时，眉头皱成一团的？

我不明白为什么贾加如此在意我的表情。

“影响美观了吗？”我问贾加。

“至少，并不让人感觉舒服。”贾加说。

经他如此苛刻一说，我觉得心里挺难受的。

“你写过剧本？”我又问贾加。

“没写过。”他说，“应该不会太难。试试看吧。”

“你怎么找到他的？”

“一朋友介绍的，多找些这样的活儿，可以挣些钱。”

我突然想到不久前，我原先工作的那家《美丽女人》杂志社，我离开后，公司分别招了好几个编辑，都没将杂志做出样子来。那边负责人想起我，几天前曾给我电话，问可否帮他们介绍一些有编辑杂志经验的朋友。我把这事跟贾加说，他很乐意接下这活。我感觉他迫切地需要钱。

贾加的要求是兼职，每月 10 日前给他们稿件。我给杂志负责人打电话，那边同意得很爽快，不过，薪水比专职少一些。那边说，两千元一期。贾加立马同意了，说明天就去面谈。

贾加很忙，我近一个月没见到他人了。我猜想他应该在忙着写剧本和编辑杂志内容的事。每天晚上我们只通一个电话，或发几条短信。

一个半月后，贾加来找我，把他编辑出版的杂志拿给我看。图片使用得还行，但内容偏于稚嫩。尤其里面还有女性心理咨询和读者来信的栏目，显得过于单纯和过于文艺了，而客户想要的偏向于商业，它本身属于DM杂志，用来吸引女性饰品、化妆品、衣帽、手表、时装、奢侈品等广告客户的。

我给贾加提出一些建议。

贾加说，杂志那边通知他明天去取工资，他想邀请我同行，顺便他可以再去一回单向街。我欣喜地答应了。

第二天我们坐车去《美丽女人》杂志社取工资。路上，我感觉身体不适，无精打采，脑袋有点儿不听使唤，整个人昏昏欲睡。

我问贾加："剧本的事写得怎么样了？"

贾加说："黄了。"他说他给他们写了两千多字的故事梗概，但那导演通知他说，有另外一个作者也给他们写了个故事梗概，内容跟他的比较相像，但有很多地方比贾加给他们的要好，意思就是他们决定使用另外那个作者的。

"被他们骗了。"贾加双手叉腰生气地说，他一想起这事就感到气恼，“反正也没动多少脑筋。”贾加又安慰自己说。

我也有点儿愤愤不平，我却无力安慰他。我感觉浑身异常寒冷，双手甚至有点儿颤抖，后背和脖颈冒出了冷汗。

贾加独自上楼领到工资后，请我在杂志公司附近一家餐馆吃了一顿大餐。我点了一份干锅肥肠，但没吃多少就吃不动了。我们决定打包带回去。

回来的路上，我感觉脑袋愈加沉重，坐最后一程地铁时，我竟把头挨在邻座的男孩儿肩上睡着了。醒来时，贾加站在远处扶着吊环看我。出了地铁，贾加说，旁边那人被你靠得不好意思了，但他丝毫不敢动弹。我看你口水都快流出来了。

“是吗？我不知道，我感觉很困。”我红着脸尴尬地说。

快到我住处时，我跟贾加分别离开。

我回到宿舍又昏昏沉沉睡着了。夜里，我把同事及自己所有的棉被和棉衣都穿上、盖上，还感觉哆嗦。我意识到，我可能正在发高烧。

我打电话给同事，有两个人关机，一个在外面玩。好不容易联系上一个正在值班的男同事，他给我送来了两片退烧药，还给我倒了水，我喝了下去。

我躺在床上，半小时后，汗和体液一股一股地从身体里冒了出来，我感觉自己像条被煮沸的死鱼，快快地、精疲力竭地躺在汪洋大海里。

两个小时后，我又无力地、迷迷糊糊地睡着了。

第二天清晨起床，感觉身上像刚刚脱了一个壳，眼睛格外放光。我给贾加发去短信，告诉他昨天我那么困原来是病了，回来后发了一夜高烧。贾加给我回短信说，好好保重自己。

我感觉到一丝温暖。同时，内心深处又有一股说不出来的茫然失落感。

我依稀感觉，我与贾加的距离不仅仅是地理上的。昨天一整天，贾加似乎根本没有发觉到我疲惫不堪的神情和状态。即使在地铁上，我把沉重的脑袋搭在了别人的肩膀上。

# 第九章　人与人，总因一些无法相告的秘密，使我们如此孤独

我生病后的第二周，没想到，贾加也生病了。清晨六点不到，我被他的电话吵醒，贾加说他昨晚快死去了，发高烧，现在还没退。他感觉自己已支撑不住了。

“你现在在哪儿？”我问他。

“我在家。”他说。

“给我地址，我去找你。”我说。

“还是我去找你吧，我对‘Jenny Hospital’附近要熟一些。”

“好吧。”

我想想也是。他来这里，我可以找医生帮他开药。

“半小时后医院门口见。”贾加说完挂了电话。

我赶紧穿衣、起床、洗脸、刷牙。我一边忙碌，一边想象着贾加生病无精打采的痛苦样子。

半小时后，我在医院门口见到了贾加。他还是穿着那件白色（仿制貂毛）大衣。贾加面容憔悴，胡子拉碴。他裹紧衣服，整个身体蜷缩着。

贾加要求去西坝河南边另一家公立医院，我同意了，我觉得那里看病买药可能更便宜一些。

我先帮贾加找个凳子让他坐下，我去排队挂号。病人实在太多，排了近一个小时才拿到号。然后又陪贾加去门诊科室门口等。

贾加对我十分感激。他说，昨天晚上，他想如果自己突然离去了，什么都给不了我，除了自己房间里的那些书。他说得很悲切、很伤感。

我想让他快乐一些。

“你真的愿意把你的书作为遗产送给我？”我问他，“那太棒了！如果真是这样，我倒希望你尽早完蛋。”我俏皮地说完，微笑着回头望着贾加，我想逗他笑，“趁这个机会，你一定要先立一份遗嘱。”

我故意装作四处找纸和笔的样子。

贾加狠狠地瞪了我一眼，他情绪稍微好了一些，抬起下巴倔强地不理我。

候诊时，我陪贾加坐在椅子上等。他很温柔地看着我——这是我来北京后，见到他最温柔的时刻。

贾加用手轻抚我的脑袋，把我额头落下的头发重新放回头顶。

轮到我们时，医生给贾加检查，测了体温，说没什么大问题，主要是受了风寒，现在温度是三十九度二，确实比较高。医生说输两瓶液，吃点儿退烧药，很快就会好。我们不再紧张，贾加长长地嘘了一口气。

取了药水，我们到门诊输液。北京冬天的气温非常不稳定，尤其偶尔刮起风沙时，生病的人就会太多，何况，在这里看病原本就很难。门诊输液处早就没了座位，几个小孩子坐在父母腿上输液，父母则垫着衣服坐在地上。

贾加还发着高热，必须尽快输液。我建议他去我们医院看看有无床铺。

我们来到“Jenny Hospital”，因为是白天工作时间，很多人来回走动。贾加觉得不妥，怕给我带去麻烦。我们又走出“Jenny Hospital”。

我跟贾加在街道上转悠。他高烧还在继续，越发觉得寒冷，直打哆嗦。

我们在西坝河桥上走了两个来回。

“去京城旅馆吧。”我说。

我记得上回晚上，我跟贾加找旅馆时，这个旅馆就在附近，但我们犹豫了再三，没有进去。

贾加可能抵抗不了生病的身体，他同意了。

我们去了京城旅馆，我勇敢地去开了房间，我顾不得其他了。

很便宜，才一百四十元一间两张床铺的标准间。

进了房间，我把床铺铺好，拿出晾衣架吊在墙壁一个挂画的钉子上，把药水瓶挂上去，开始帮贾加输液。

贾加很虚弱，脱去外衣躺在床上。

他沉沉地睡去，我坐在床边看护他。

两瓶液体输完，贾加的高烧还不见退，我只能又跑去医院找到那个给贾加看病的医生，帮贾加开些口服快速退烧药。路上，我顺便给贾加打包了一碗馄饨。

贾加把口服药吃了，馄饨没吃两个，喝了两口汤水就放下了。高烧令他根本没胃口。

我挤干一块湿毛巾敷在贾加的额头上。

我把外衣脱去，缩到贾加的身边躺下。贾加的身体异常热，似个火炉。我担心着抱紧他。

“要不，我们爱一回吧？”我提议。

“我这样，能行吗？”贾加有气无力地问。

“活动活动出出汗，挺好的。”我说，“想退热，得让汗液尽快流出来。出汗了，体内温度就随汗液挥发出来了，出汗是降温的最显著标志。”我告诉他。

贾加沉思了片刻。“那，试试看……”他虚弱地说。

我帮贾加把衣服全部脱去。

贾加的身体干燥、炙热，丝毫没有汗液流出。

我把贾加生病的身体抱在怀里。

贾加试着进入，但他努力了好几次，气喘吁吁。

“不行，做不了。”贾加说。

我披上衣服，起床给他又换了一块湿毛巾，帮他把身体、脖子、胳膊又都擦了一遍。我建议他加大剂量再口服两片退烧药。他同意了，吃完药，又喝了几大杯水。

我抱着贾加滚热的身体，疲倦、担忧地跟他一同睡去。

直到凌晨，贾加才退热，他从头到脚汗水淋淋，像刚从河里钻出来。他像一个囚犯获得假释一样，兴奋地从床上跳到地上。

“出汗了，出汗了，终于出汗了。”他叫起来。下地，大口、大口地去喝水。

我看他那样开心，突然舒畅的样子，幸福极了。

贾加又把空调调到最高温。

“我要汗液全都冒出来。”贾加说。他像个战士，拿出温度计自己测起体温来。

“三十六度四了。”他看着体温计，欣喜若狂地告诉我。

“是的，正常了。”我也高兴极了。

贾加把汗擦干，又睡到床上，他像又获得了一次生命，拣到一件大便宜似的。他开心地闭上眼睛，欣喜异常，右手臂盖在额头上，快乐地偷偷笑着。

我俯在他身边，感觉到他浑身冰凉。

“知道吗？昨天夜里，我突然想起一篇小说，罗曼·加里写的，名字叫《墙》，故事说圣诞夜，作者正为无法给报社撰写圣诞故事而发愁，后来一个大夫就讲了一个故事给他听，故事说，一个二十岁只身一人、举目无亲的男大学生对与他一墙之隔的女孩儿倾心、爱慕，却因为姑娘有‘天使般的容貌’而感到自卑、没有信心、不敢表达。有一天深夜，他听到隔壁女孩儿屋内，有床脚移动的声响，以及女孩儿呻吟的声音。他终于忍受不了，在痛苦中结束了自己的生命。后来警察来了，警察好奇，为了想知道隔壁女孩儿到底长什么样子，他让房东打开门。房门打开，他们才发现，那个女孩儿在男孩儿自杀的那天晚上也服砒霜自杀了，女孩儿留下了日记，日记中写道，她对一墙之隔的男孩儿早已仰慕很久。最终她因无法相告，以及忍受不了寂寞和孤独，选择了自杀。而男孩儿听到的呻吟，正是那个女孩儿因为服食砒霜临死前痛苦的呻吟。人与人之间，总因为一些隔阂和无法相告的秘密，使我们如此孤独。”贾加呢喃，自言自语地说，“当一个黎明来临时，我睁开眼，感觉真好。因为我知道，我从上帝那又偷来了一天。”他不停地说着话，边说边看着天花板。

可能是因为他刚退热，浑身突然轻松的缘故，而我早已经疲惫不堪。我在贾加的呢喃自语中沉沉睡去。

第二天中午，贾加完全好了。他又变得精神抖擞，结账时，我帮贾加付了房费。然后又回医院陪贾加开了一些口服抗生素，与贾加分手。在分手时，我很想能够陪伴他，把他送回家，但贾加拒绝了。他说他已经完全好了，自己回去没任何问题。

回来后，我倒在床上，怎么也睡不着。思绪很乱。

我把贾加昨天生病的情景一遍一遍地在脑海里播放，又把贾加的话，一遍一遍地重复着。我计算着贾加离开的时间，推测他现在有没有到位于公主坟的家，更担心贾加会不会在路上出现意外，毕竟他要独自转好几趟地铁线，坐一个多小时的车。

但同时，我又不能不产生疑虑，我总无法知道，贾加生病如此严重了，为什么还不让我送他回去。贾加到底住在哪里！他过着怎样的生活？这时，我才突然发现，结识贾加近三年（一年多网络，一年多现实），我对他实际上一无所知。

接踵而至，我又想到前几天我自己发高烧的情景。那天晚上，我竟没有想到给贾加打电话，是不是潜意识里，我已担心和不能确定，即使我将自己的病情告诉给了贾加，他会不会立刻赶过来。想到这里，我突然发现，我是如此孤单。在这里，即使有贾加，我依然是无依无靠。

泪水从两个眼眶瀑布一样，喷涌而出。

如贾加所说，如果哪一天，我死去了，我在这个完全陌生的城市、在这个地下室里死去了，那么有谁知道我的家人在哪里？有谁能够通知他们？谁能来安葬我已死去的身体？

一阵莫名的恐惧感立刻袭上心头。

我想了解贾加，想知道得更多一些

# 第十章　贾加尊崇和羡慕的是，可以一边自慰一边读书

三天后，贾加的病好了，傍晚他来看我。我约他一起去吃羊蝎子。因为看病，贾加支付了一些药费，口袋里已所剩无几。我正好前两天刚领了两千多元工资，所以，我说："为了庆祝你顺利康复，我请你吃大餐。"

贾加今天胃口大开，吃得十分带劲儿。吃完后，我们聊了很久，我们彼此深情地望着对方。我问贾加什么时间把馈赠我书籍的遗书给补上，贾加已不再承认了，欢快地露出尴尬又自得的神情。

吃完饭，聊完天已近八点，我送贾加离开。等他转身后，我隐进一个低矮的灌木树丛，盯着贾加离去的方向。等贾加离开很长一段距离后，我悄悄跟了上去。

贾加进了 13 号线地铁站，却没上车，他径直通过地下通道跑到了对面，又从对面的楼梯走出了地铁站。就是说，贾加从地铁站的

另一个出口出去了。

我远远地紧跟在贾加身后。

他经过我们刚刚吃完羊蝎子的餐馆，向京城旅馆的方向走去。但贾加没去京城旅馆，中途他隐入了一栋住宅楼。我跟上去，看见他按电梯 9 层。于是，我赶紧进了他隔壁的另一个电梯，也上了 9 层。

贾加比我先出电梯，我看贾加走向了 907 房间。他掏出钥匙打开锁，进屋，重重地关上了门。

这是一道铁质防盗门，关起来，“咯吱”一声，很响。我被这“咯吱”一声彻底隔离在门外。我的心也“扑通、扑通”狂跳了两下。

我站在过道里，怎么也挪动不了脚步。我不知道这道门内除了贾加，还住着谁？还有什么秘密？里面的具体情况，我根本无法猜测。

但我知道，我已经激动异常，一股无名的怒火充满了整个胸膛，熊熊燃烧，火势几近无法遏制。

想察知真相的欲望，让我已不能自已。

我颤抖地敲响了门。贾加开门。他愣在门内看着我，我也心慌得要命。

我竭力控制住自己的情绪，颤抖地问他可否邀请我进入？

贾加打开门，让我走了进去。

他的世界彻底展现在我眼前。这是个一室一厅的旧房子。屋内的陈设很破旧——这栋楼估计差不多是 20 世纪 70 年代时的建筑了。

推开贾加的房门，房内很简单，也很零乱。一张放着一台台式旧电脑的长条桌和一张一米五左右宽的床，左侧墙壁从墙头到墙脚都被一个简易大书架遮盖了，足有四米长。贾加的床像漂在海洋里的一叶小舟，这海不是水，而是书。床，除了床头靠墙，其他三面，全被一米多高的一摞一摞的书籍围护起来，只在床的左侧留出一条五十厘米宽的空隙，当成穿行上床睡觉的过道。

房间三十多平方米，但无法下脚，因为每一处都是一摞一摞的书籍和报刊。

“我想告诉你这一切，但我担心你无法想象。”贾加力图向我解释。他终于像被人揭穿一般，泄气地靠在墙边。

“没有关系。”我安慰他，我假装镇定。

“我们不能在一起。”贾加说。

“我知道，我知道。”

我缓慢地说。一枚鱼刺，如鲠在喉，也插在了心尖上。

“大多数人的智力发育十八岁就停顿了，我不能让自己始终停留在十八岁。”贾加说，“实不相瞒，我所尊崇和羡慕的生活是年轻时，可以一边自慰一边读书。年老了，不用自慰了也可以读书。”贾加继续说。

他在他的书架前不知所措地转来转去。他在寻找各种理由，但他不确定哪一个理由此时更能说服我，或者更能为他自己辩解和开脱。

“没关系，我只是想跟来看看你，我不是故意跟踪你。”我也向他解释道。

我走到他的窗户前，拉开窗帘，想看看外面，想借这样的举动让自己的内心平静一些。

窗帘拉开，我看到正前方“京城旅馆”的门牌灯明亮地立在那里。我仔细看过去，似乎看到了三天前，帮贾加输液的那个窗口。第二天清晨，我曾把那扇窗户的窗帘拉开过，仔细地看过对面的这栋高楼，但我怎么也不会想到，贾加一直就住在这里。一年多来，更不会想到贾加一直就与我隔西坝河相望。

站在贾加房间的窗口，向远处眺望，可以看到河对面“Jenny Hospital”醒目的门楼。名字的一串字母灯在夜色中格外明亮。我猜测贾加是不是经常站在这里，窥探着住在远处地下室里的我呢？

他想过我吗？也像我这样不停地猜测他是如何度过深夜那样，猜测过这个门楼内的我吗？

我在房间里走了一圈，然后又去了厨房，洗手间，并没有发现任何女人的物件。

“我一直洁身自好。”贾加似乎猜测到了我的意图，他赶紧跟过来解释。

“没什么。”我说。

“我走了，你看书吧。”我想我只能这么说。

我们俩都沉默着，贾加送我下楼，送我离开。他应该估算到我心里不是太好受，他一直把我送到西坝河对岸。

我默不作声。贾加跟在我身旁非常拘谨，有车经过我身旁时，他会快速拉我的衣袖。之前，贾加从没这样保护过我，但我什么都不想说。我不知道我该说些什么……

等贾加离去后，我又返回到桥上，走到河边。我在河沿边找一张长条椅坐下来。椅子是铁的，在一月初的寒风里十分冰凉。

在我生病的第二天晚上，北京下了一场雪，直到贾加生病，雪还没化尽。北京的雪会延续很多天都难化尽。最长可拖三四个月，到第二年春天还难说。

这时河面早已结冰，白天有人偶尔在上面溜冰，也有人从冰上凿一个洞眼儿，放一个矮凳，坐在冰上朝冰窟窿里垂线钓鱼。

时间已近凌晨，街道上已经没多少人了。我坐在铁椅上，寒冷从四面八方向我侵袭而来，尤其是屁股下面，冰凉已穿越肌肤渗进骨髓。我冻得浑身和下颌直打哆嗦。但我知道，我哆嗦的不仅仅是空气的寒冷，更是心头的冰凉。

我坐在那条铁长椅上，放声大哭。我在空旷的雪夜里放声大哭。

哭声在雪地、在西坝河的冰面上持续“叮叮、咚咚”地回响。

哭累了，再仔细想，我觉得对于贾加，我了解得还是不够多，至少他除了如此在乎书，其他还是好的。虽然对他来说，那些书比我更重要，致使我和他相处得这么辛苦。

我擦干净眼泪，伸手招停一辆出租车，告诉司机去东直门。我想看看贾加所说的他的工作单位“阳彬大厦”所在的地址。我想哪怕我在他的单位名字上摸一摸，或者注目一会儿也是好的。即使将来我真的离开了他，以后，我还可以经常想起他，想起他时，他忙碌的身影有个准确的位置。

司机说他不知道那个大厦，我说你先到东直门，然后在附近找找就可以了。我埋怨司机，我说既然是座大厦，也算是个标志性的建筑，你怎么都不知道？不知道，还开什么出租车？

司机被我责怪得沉默着不说话。

二十分钟后，我们到了东直门。司机沿各条街帮我找“阳彬大厦”，反复兜了两圈，我们只见到一个贵阳大厦，在贵阳大厦的旁边看到另一座高楼：长彬大厦，但就是没找到“阳彬大厦”。

司机问我：“是你住的地儿吗？你怎么不知道路？”

我赶紧搪塞说：“不是，见个朋友，他正在那儿等我。”

司机又说：“那你赶紧给他打个电话吧。”

我突然语塞了，在脑海里开始找理由。“我手机没电了，不记得他电话了。”停了半天，我赶紧又告诉司机。

司机不甘心，同时也安慰我，他觉得我手机在这时候没电了，真倒霉！

司机把车窗玻璃摇了下来问路人，也用对讲机询问别的出租车司机，都回答说“不知道这个大厦”。

我突然什么都明白了。我跟司机说：“还是回西坝河吧。”

回到宿舍后，我第一次把贾加的各种信息在网络上进行搜索：姓名、电子邮箱、QQ号码、手机号码，等等。结果发现，网络资料显示贾加在一个少儿杂志做编辑，月工资两千，单位地址就在“Jenny Hospital”旁边。

我如吃了一大团糯米糕，粘在咽喉和胸腔怎么也下不去。

连续几个晚上，我不停地梦见，一群警察敲响了京城旅馆的房门，他们一个接一个走进来，站成一排，站在我和贾加面前，询问我们是否认识。我说，认识。他们又问我贾加叫什么？我说出贾加的名字，他们又单独问我，他是干什么的？住哪里？单位地址在哪儿？我什么都说不出来，说出来的地址，旁边的警察提醒说，根本没有这个地址，我惊恐地看着他们，力图争辩……

我准备离开贾加了。

我很快从“Jenny Hospital”人力资源部办理了离职手续，然后从单位地下室搬了出来。我感觉精疲力竭，心力交瘁，没有办法做任何事情。内心的崇拜、仰慕和信任彻底被隐瞒和欺骗击垮。

行李我也整理不动了，幸好有几个同事帮忙。收拾完后，他们帮我叫了一辆出租车，依据我口袋里钱的数目，我搬去了附近另一栋住宅楼的地下室。

我清点了口袋里所有的积蓄，尽量多交了几个月的房租，因为我清楚，会有很长一段时间，我无法去做任何事情。

我睡在床上，足足三天没起来。我躺在被窝里，眼泪就像决堤的海。床边地面上，擦眼泪的纸巾一坨一坨地堆得雪白一片。

我像个垂死的病人那般，醒着时看着天花板发呆；睡着时，噩梦不断。我想到了父母，想到了家，想到父母守护的那片土地。想到外婆、外公、爷爷、奶奶，想到我自从有了记忆以来，所经历的喜悦、兴奋、胆怯、恐惧、惊慌及惊心动魄的欺骗、设计和阴谋。许许多多遗忘很久的记忆全部在意识里清晰地一一呈现。

我也想到了吴桑。

# 第十一章　颠沛流离是我的命运

我已经很久没联系家人了，上一回还是好几个月前，我给爸妈打电话，告诉他们我很好，并给他们传去一些我在“Jenny Hospital”工作的照片，让他们放心。爸妈嘱咐我一个人在外一定要好好保重自己。

妈妈说：“你离开后，吴桑好几次来我们家打听关于你的事。”她又说，“吴桑过得还不错，就是没什么精神。不知道是我自己觉得有愧于他，还是他本身就不怎么快乐。”

妈妈的一番话戳得我很痛。满腹愧欠。我强忍住眼泪没掉下来。

妈妈又问我：“春节回不回家。”

我说：“还没定。”

我哪里都不想去，身心疲惫得动弹不了。

过了两天，换作爸爸又给我打来电话，他催促我，春节最好还是回去。我答应他们按时回去，但我没告诉他们我已辞了职。

回家去肯定要面对吴桑，所以我忐忑不安。

临近除夕夜，我还是去购买了火车票。到家的第二天，吴桑就来看我。吴桑双眉紧锁。我主动向他打招呼。

“对不起，是我误会了你。”吴桑说。

“希望你能原谅我！”他又说。

“没关系……反正我们已经结束了。”

不知为什么，我会脱口而出这句话，而我在回家的路上，根本不是这么想的，我想到吴桑的所有温情和美好，但我面对他时，却怎么也无法把我的真实想法诚实地向他倾诉出来。我心慌得要命。

“只要学会放下，你很快就会找到新的幸福。说实话，我挺不值得你爱的，因为我心太大、太野，总不甘心被束缚。再说，我比别人考虑的问题也多，我对生命的意义总是产生怀疑。平实、安定的生活，对于我这样的人，完全是种奢侈。”

我坐在吴桑对面，好好与他交谈，我似乎很想把自己的某些想法完完全全告诉他，但我又总是说不清。我很渴望他进入我内心来看一看，可吴桑好像根本不了解我的意思。他只想对我好。而他的善良、对我的关心和在乎，只是让我的潜意识告诉自己，吴桑是个好人。可是，他的好与我有什么关系呢？

“颠沛流离是我的命运，我不配过正常人的生活。”我反复郑重其事地对吴桑这样说。仿佛也是为我自己不再准备接受他而寻找借口。

说完后，我又在心里渴望，此刻，吴桑若能给予我一个拥抱，如往日那般拍拍我双肩，俯在我耳边轻轻告诉我“别怕”，该有多好啊！

吴桑坐着没动，我不知道他在想什么。

“我在外面过得挺好，你不用太担心，我完全能够照顾好自己。”我接着说，“虽然外面比家里压力大，但我很坚强，都能顶住。日子慢慢就会好起来。

“你有新的女朋友了，可以告诉我，我会为你高兴，并且还可以给你做参谋。”我说。

“那么你呢？”吴桑终于说了一句话。

“将来，谁知道呢！也许会有吧。到时，我也会告诉你的。”我吞吞吐吐地说。

“希望如此。”吴桑说。

说完，他换了个姿势，他把头靠在沙发上，闭上眼睛，筋疲力尽地叹着气，再也不说话。他似乎想把悲苦和无言的责备演绎到底、演绎到极致。

我突然感觉我不能够再继续承受吴桑的沉默和愁苦。它给我憋闷和无形的压力，令我窒息难耐。

“不要那么悲观，我们不都活得挺好嘛。将来等我日子过好了，我请你去北京玩，给你当导游。”我强装笑颜地说，“你需要多锻炼，我喜欢你精神抖擞的样子。”我继续说，并且站起身，狠狠地拍了拍吴桑的肩膀，故意轻松地展露微笑。我想告诉他，无论怎样，他都是我的好朋友，“我们早已是知心好友了，难道不是吗？。”

“好吧。”吴桑终于站起身，“我不打搅你了。你回北京时，告诉我，我送你。”

我朝吴桑点点头。

吴桑出门。走到门外，转身离开前，他抿抿嘴，努力伸出右手，拍了拍我左侧肩膀。他拍得很重。他的意思是：保重！

吴桑离开后，我非常失落。站在门口，看他的背影离去，他的背部没有以前那么笔直，但依然高大。有一回，我曾紧紧搂抱过那个高大的身躯，在那个身躯的怀抱里，我像只年幼待哺的小羊羔，任性、恣意地玩闹。那天，我的脸上装进了一整个太阳。

随后几日，我装作很轻松、很喜气、很开心的样子在爸妈身边转来转去。爸妈不停地忙碌，为我制作各种各样好吃的美食。

妈妈偶尔问我在北京收入怎么样？我说，工资比家里单位高很多，医院环境卫生要求也高，设施先进，很多医生都是外国人。病人也都是有钱人。为了证明，我拿出一张跟“Jenny Hospital”外国营养调理师——唯一的一个外国人——约翰的合影给他们看。

爸妈对我的话深信不疑。

好不容易熬过春节，我跟外出的人潮一起购买了回北京的火车票。

临走前，吴桑执意要送我，他帮我把行李拖到火车站。一路我们无话。

到我检票时，吴桑又帮我把行李拖上车，帮我找到座位。他深情地望着我，把一盒水果塞到我手里，然后下了车。

我把车窗打开，吴桑跑到我的窗口前。

“想我时，给我打电话。”吴桑说。

“不要太担心，我挺好的。”我朝窗外的吴桑点点头，“你也要好好照顾自己。”我对他说。

吴桑向我点点头。

火车拉响汽笛的时候，吴桑站在窗外向我挥了一下手。我见他苦涩地微微一笑。他的背影慢慢离去、变小。我突然无限悲痛，泪水禁不住汹涌而出。

# 第十二章　贾加说：“生命太短，等我完成了自己的事，将来再去找你。”

回到北京后，《美丽女人》公司经理给我打来电话，他告诉我他们不想再用贾加了，他说贾加编辑了几期内容，他们老板觉得不是很满意。又因为贾加是我介绍去的，经理认为应该先告知我，跟我讲实情，并委托我转告贾加。

我给贾加发了条短信，说《美丽女人》准备停刊了，公司经理委托我告诉他。贾加立刻给我打来电话。

“你在哪儿？”贾加很急迫地问我。

我告诉他我搬家了。

“我们能见见吗？我有些事想告诉你。”贾加说。

我听贾加说有事找我，我有些着急了，说可以马上去见他。

我去西坝河边与贾加碰头，他今天换了身衣服，灰色的线衣外面配一件白色西装外套。贾加一直酷爱白色。他也修剪了头发、理了胡子，整个人显得异常干净。可我却发现，贾加今天的面色比以往苍白。

我见到贾加，着急地问他什么事。贾加直接领我去了他住的屋子，他已经不再把他的住处当成秘密了。

我走进那里，立刻联想到之前的跟踪，脸不由得红起来。

“关于男性生理疾病，你知道多少？”贾加问我。

“具体哪一方面？”

“我不知道是什么部位出现了问题，血，都是血。”贾加十分紧张地说。

“哪里？”贾加没有回答，他有点儿难以启齿。

我在脑海里把学过的医学专业知识梳理了一遍，然后将我们身体每个部位、内部脏器，以及每个脏器的特征、功能、解剖结构和可能出现的毛病，逐一在一张 A4 纸上画着，讲解给贾加听。

“是……”贾加还是面有难色，不好意思开口。

“可以给我看看吗？”我征求并等待他的意见。

贾加犹豫着，但从他眼睛和表情里可看出，他是信任我的。

我继续鼓励他。我告诉他，如果需要，我可以回避。

我终于说服了贾加，他走进了洗手间。

房间里安静得出奇，我夹在书堆里，坐在房间里唯一的一张椅子上。逐渐，我听到洗手间里传出贾加手淫时的呻吟声，以及他射精时粗暴的愤恨声。我内心不是滋味地、异常恐慌地安静听着。

没一会儿，一阵“呼啦、呼啦”的冲水声后，贾加提着一个安全套走了出来，安全套里鲜血淋淋，满满半袋。我找出一张纸接过，赶紧把套口扎紧，我告诉贾加，我需要马上拿去医院化验。

下午，检验结果出来了，医生说没什么大碍，就是血管破裂，因为时间比较长了，已有少许炎症，最近要禁止性生活，需要静心修养、正确调理。

医生开了一些中成药冲剂和消炎药，我拿回去给贾加，告诉他结果。问他这样多长时间了？他说一直都有，最近严重起来，已经半个多月了。我算算时间，应该是我第一次来他家离开后，他就开始变得严重了。

“你需要过正常人的生活。”我对贾加说。我告诉他长期这样压抑很影响身体。

贾加沉默着不说话。

我见他这样，也停止了说话。

我想到两天后就是贾加的生日，赶紧变换话题，提议一起上街，我想送他一件生日礼物。贾加一直沉浸在对身体疾病的担忧中，见我这样提议，他也同意了。

我们一起上街。我说想送贾加一盒生日蛋糕。我们找了几个蛋糕店，进去一看，价格都很贵，都在两百元左右。贾加说，他并不喜欢吃甜食，如果真想送礼物，还不如买个实惠的东西。

我想了想，说：“那还是送一双鞋子或一件衣服吧。”

贾加提议可以去动物园，我们就坐地铁去了动物园服装批发商城。

我与贾加在动物园服装批发商城里转了两个多小时，没看到一件合适的，都是质量和档次非常低廉的衣物。

贾加说去西单商城看看吧，我们又坐地铁向西单商城进发。

到了西单商城后，我跟贾加又转了一个多小时，贾加还是没看到满意的。质量好的品牌衣服，我们都觉得价钱太贵；质量差的低档次衣服，贾加和我又都看不上。

我和他在大街上空着手晃来晃去。

“不如买个包吧。”贾加说。“我正缺个包。”

“好。”

我们走进几个卖包的店。贾加终于选了个精致的、非常适合男孩子背的牛仔帆布挎包。贾加背在身上很好看。这是我送给贾加最贵的一件礼物（四百元），也是最后一件礼物。

贾加背着新买的包走在我前面时，看着他兴高采烈的背影，我内心一阵隐隐的痛。

接下来两个多月，贾加的病一直不见好转。

我没有了工作，逐渐捉襟见肘，但我还想帮贾加承担一些医疗费用。我一天一天地变得焦躁不安起来，又想离开贾加，这次我想约他好好谈一谈。

贾加约我在上岛咖啡馆见面，这是我与贾加第一次相约在比较高雅的地方见面，也是最正式的一次谈话。

贾加为我点了一杯咖啡加一份套餐米饭，他自己只要了一杯茶。可能因我的神情比较严肃，所以贾加也正襟危坐。

他把两本书摊在我面前，一本是诗人杨黎编著的《灿烂》；一本是鲍勃·迪伦的《像一块滚石》。贾加说："送给你，以感谢你这么长时间以来对我的友谊，两本我认为不错的书，对你可能有益。"

"我一个朋友刚从国外回来说，其实中国之外很多国家每年都不可能出版这么多图书，在中国能读到这么多的书，真是荣幸和幸福的事。"贾加依然自言自语着，"我们的生命没多少时间，所以必须站在巨人的肩膀上，才能够懂得更多。"

我默默地吃了几口饭，又喝了一口汤。

"我想跟你在一起。"我对贾加说。

贾加突然停住了说话，沉默了一会儿，把头抬起来，坚定地说："目前不可以。"

我猜测是不是因为身体的疾患，他有所顾虑。

"不管你将来怎么样，我都会不离不弃。"我吃着饭，肯定地告诉贾加。

"不行。"贾加斩钉截铁地说。

"那我该怎么做？"我放下筷勺望着贾加。

"这么说吧，马克思在写《资本论》期间，在工厂做调研，有一个女孩儿很仰慕他，后来女孩儿为马克思怀了孕。当时情况下，要么马克思放弃他的思想研究，生下私生子被社会谴责；要么就是放弃对这女孩儿的责任。最终，马克思选择了后者，他把挺着大肚子的女孩儿交给了恩格斯照顾。他必须维系他的家庭，继续做他的研究以及革命活动。”

贾加双手放在桌面上非常严肃和认真地说，俨然一位智者对一个学生那样把问题分析给我听。

“你应该读过毛姆的作品，他在《刀锋》里这样写，聪明的女人，如伊莎贝尔那样，应该选择一份稳定的、有保障的婚姻生活，然后再拥有一份婚姻之外的情感寄托。”贾加接着说，“幸福、聪明的女人，无不如此。听我说，将来，等我完成了自己的事情，如果有可能，我会去找你。”

我口中含了一口菜，怎么也吞不下去，忍不住又全部吐了出来。

贾加朝我吐进盆中嚼得半烂的菜望去，露出了恶心和厌恶的表情。

我想到贾加有严重的洁癖，但此刻我已顾不上了。

“我有个秘密一直没告诉你，我们家族中的男性，从来没有一个活过五十岁的，所以时间不等人。”最后，他非常紧张和严肃地说，但我已根本无法听下去了。

交谈不欢而散。

出了咖啡馆的门，我与贾加就分道扬镳，各回各家，回到各自的世界里。

# 第十三章　告别爱情，流亡京城地下室

大约有半年的时间，我的精神状态十分不好，一直极其混乱。

贾加的离去像是抽空了我。我每天都在自己新租的地下室里吃饭、睡觉，在深夜的大街上梦游。我不知道白天和夜晚的界限在哪里，我对自己的生活目的和生命意义彻底失去了方向。

一天，我的隔壁住进了人，我能清晰地听到他们的说话声，我才惊觉，我与隔壁的墙原来是一块木板，而非水泥或砖。仅仅是在一块压缩合成的三合板上刷上了白色的涂料。等隔壁人出去时，我用手在“墙上”敲了敲，以确认它确实是一块薄木板。

晚上隔壁人回来，听他们说话声应该是两个刚毕业的学生情侣。头两天，两人很兴奋地忙碌着，第三天晚上，两人就毫无顾忌地做起爱来。因不分白天和夜晚地在房间里待着，所以，我睁大眼睛在黑暗里被隔壁的呻吟声撞击和淹埋。

清晨五六点钟，撞击声又再次响起。

我不想破坏他们，我想这有多么美好。可是，连续一周下来，我竟发现，如此下去，我已无法再承受。终于，在一天晚上，在他们依然毫无顾忌时，我轻轻用手在“墙”上敲了敲。我听见隔壁的声音立刻停了下来。

接着，过了一会儿，我听见隔壁有一人也用手轻轻敲了敲这面“墙”，给我以回应。

“不是墙。是板，是板，你听，是板。”我听见隔壁女孩儿在“墙”那边说。

“该死的房东！原来，唬人的。”男孩儿丧气地在隔壁大骂起来。

我听见他们在房间里穿衣服、穿鞋子的各种声响。

然后，我听见他们走出了房间。很晚，他们又开门进来。

第二天，隔壁来了几个同学看望他们，一下午都在屋子里聊天，每一句话我都听得分明。他们说到他们的老师，说到另两个同学，又说到应聘的事。我对这些事根本不感兴趣，但我又不得不听。

“天哪，这是一块板，不是水泥墙。你们知道吗？”过了一小段时间，我听见那个女孩儿说。

接着，我听到好几只手一起连续着，在不同位置上敲击着这块板。

我躺在床上屏住呼吸，不敢大声出气，脑海里突然想到了贾加，记得贾加有一次说，他早就发现了别人很晚才知道的秘密，心中一阵窃喜。贾加一直渴望的是：在别人茫然和懵懂时，他却了然一切。

我继续在屋子里睡觉，我以为隔壁这两个人很快就会搬走，但我错了。他们一直没有搬走的意思，只是白天都不在家，晚上很晚才回来。回来之后，“墙”那边又开始“哗啦、哗啦”地各种忙碌。

他们似乎已经想明白了，不再紧张和有所顾忌，一切都变得无所谓。他们可能同样认为，继续留在这里的也可以是他们。

时间一长，我感觉自己从一个深渊，掉进了另一个深渊。我被埋在这个幽深的洞里，看不见阳光，听不见任何风响。根本没人会来救我，唯一可来的人是那个矮个子胖房东，他过来敲敲我的门，说：“水费要交了。”

我掏出十元钱给他。

“还有电费要交。”他又来敲门。

“下个月你还住不住？”他跑过来说。面色惊觉地盯着我看。

我觉得他分几次，间断性地跑来找我，可能是来查探，这个一步都不离开房间的人，是不是还安全地活着。

“住。”我想，我已无处可去。

“那，交一下房租吧。”他冷漠地说。

我在所剩无几的口袋里翻找着，掏出四百元，给他。除此，我也冷漠地一声不吭地关上了门。

我在这个地下室，如此这般沉睡了四个多月。实在睡不着时，我就翻开贾加留给我的书。

鲍勃·迪伦在《像一块滚石》第37页最后一行及38页第二行

这样写道：有一本潜意识之王西格蒙德·弗洛伊德的书叫作《超越快乐原则》，他的朋友雷走进来说：“这个领域里最出色的人都做广告去了，他们都凭空做着生意。”贾加在那一行文字下面用红笔画上了波浪线，并在旁边标注：如今的社会，精英都去做广告了。

贾加在很多地方，比如有趣的文字、有纪念意义的事件、有启发的地方，都用红笔画上线，写下他的读后感和感悟。

我拿起一支蓝色圆珠笔，在另一些我认为突出的地方也画上线、也标注上了我的读后感。我感觉自己跟贾加还是在一起的，我们一起读完了这本书。

# 第十四章　命运总喜欢跟善良的人开一些悲伤的玩笑

再次走出地面时，阳光异常的灼热和刺眼。空气也特别稀薄，稍稍张开口，就钻进我肺里，在我身体里开始打闹、沸腾。

眼前的所有人都匆忙赶着路。仿佛每个人都很忙。他们路过我身旁时，都忍不住转过脸瞧我一眼，然后，他们扭过头，又继续赶路。

公共汽车在马路上排着队忘我地奔驰，窗口露出一张张漠视一切的脸。各种小车也忘我地赶超它们。竭力地奔跑和追赶，让一切都变得极具动感和欢快气氛。有时，一辆小车死死不让后面的车赶上，拼命地开，但最终还是被它超了过去。

站在天桥上，我脑海里不由自主地响起了某段音乐，我忍不住开心地笑了起来。

愉悦，让我在这个天桥上溜达了两天。回来后，我拿出电脑，又开始给诸多的公司投寄简历。

北京，与其他城市不同的是，找工作，简直太容易了。如果想渴盼一份非常满意的工作倒是有点儿难度。

我去每个给我回信的应聘单位面试，像我初次去“Jenny Hospital”面试一样。最终在一个广告公司落了脚。

这家广告公司位于广渠门附近，出行非常便利。通过多种培训和锻炼，我在公司一下就工作了五年。这五年，我过着两种极其极端的生活，一方面是从每周一至周五，我如每位同事一样，学会并熟练掌握了各种销售技巧，娴熟地跟客户周旋、谈判，像一位标准的职业经理人那样混迹在北京的广告圈——贾加评论鲍勃·迪伦的话时说“如今精英都去做广告了”。为了在最短的时间内改善我的生存状态，我必须朝社会精英的目标奋进——我以此告诫自己。另一面，每逢周末和晚上，我会与很多陌生的男子约会、喝酒、吃饭。我对他们一无所知，但我并不关心这些。他们对我也无须了解，我把自己包裹得很严。他们根本也无心了解，只是为了一起消磨掉每天必来的和占据我们一半生命时间的、无穷无尽的夜晚。

很多时候，我们甚至素未谋面就直接相约。我们只见一次，最多两回。

北京这片广袤的大地，资源肥沃，改革开放三十年来，尤其是最近十年，人潮如兽群，从四面八方纷纷涌向这里——似乎这就叫“趋之若鹜”：人们挤满了地铁、公交、出租车、私车和天安门，又塞满每一条街道、高楼、矮巷、厕所和地下室。角角落落冒出的都是人的脑袋——他们目光统一，漠然而呆滞。

21世纪便捷的网络平台、杂志、报纸、电视等，都热衷推广各种社交活动。花样不断翻新，无奇不有，让人应接不暇。

我跟这些男性相约、交往，很少记得他们的长相及模样，丝毫不了解他们的工作和身份。但我知道他们素质高雅、学识深厚，每逢周一至周五如我一样外表华美、表情严肃地端坐在写字楼里。晚上从不同的角落里钻出与任何一个陌生的女子约会。我还记得贾加说现今的北京跟60年代的纽约一个样。我感到兴奋又刺激。虽然，很多时候，无限落寞和伤感。

一天，有一个十分要好的朋友在网上向我诉苦，说他某天下午从女友的网络聊天记录里，竟发现一周内她跟三个不同的男人约会。他痛苦难忍，他想找我陪他喝酒听他诉说。我简简单单回了他一句"哦"，就没再理他。

我见过他说的那个女孩儿，三十多岁的年纪，长发、肥脸肥脑肥身体，毛孔粗大、衣装不整，像农村姑娘一样人高马大。

当时我甚至在想，他是有意激起我的忌妒吗？

有一回，我与一个有妇之夫的朋友相约，他说他妻子生孩子回了老家，他一个人在北京很无趣，希望我空闲时能与他喝喝茶、聊聊天。我爽快地答应了。

周六下午，我到了他指定的小区，坐电梯上楼，电梯阿姨磨蹭着不想开门，她打开电梯后没让我进去，而是拔出钥匙，端详了我很久。我被她看得很莫名其妙。

“你，干什么的？”她问我，语气十分严肃。

“上楼啊。”我说。

“你去哪层呢？”她又问。

“怎么了？”我感到非常疑惑。我想，去哪层，我可以自己按键。

“问你去哪层呢？”她语气比先前更强硬了很多，口音是标准的北京大婶。

“15层。”我非常不悦地说。

她怎么会是这样的态度呢？我很不高兴，觉得实在太奇怪了。但想了想，她天天坐在这里看守电梯，肯定也寂寞得发慌。

“15层哪户哪家啊？姓什么，叫什么啊？”她继续问，有不说清楚不让进的势头。

“你什么意思啊？”我有点儿生气了，心想，就不告诉你。我极讨厌这种审讯人的口气。

“姑娘，你别生气。”她停了下来，又神秘兮兮地仔细打量我，说，“最近这一片塞小广告的人太多，很多住户向我们反映，我们必须对住户负责。”

说完，她从口袋里拿出她收集的七八张印有身穿比基尼、身材丰满的年轻女孩儿照片和醒目的电话号码的小卡片，展示给我看，是很多酒店里常见的那种供嫖客外叫小姐的卡片——有回出差住宾馆，我留心积攒过，一晚上塞进房间里的足有十多张，他们每间隔半小时就会从门缝塞进来两张，塞卡片时，门缝处发出似老鼠探路的窸窣声。

我趁机打开门缝观察，塞这些卡片的通常是些二十来岁身穿夹克、头发蓬乱的乡下小青年。

“我们对像你这样提着包、穿裙子的陌生女子不得不提防。”她说时摇晃着脑袋，脸上露出鄙夷的神色。不过，这时，她边说边插上钥匙，按亮了15层的按钮。

我若无其事地走进去，靠后站着，看着电梯上行的数字，不理睬她。她坐在电梯一侧的凳子上，也转过头，不再看我——故意装作不理睬我。我感觉受到了鄙视和侮辱。

“我去看个同事，马上就下来。”我竟忍不住向她解释。并把包的拉链拉开，假装翻找东西。实际，我是有意想让她看清楚，我的包里并没有这样的卡片。

她根本没看，好像已经信任我了，或者仍旧在怀疑。她常年在这里看守电梯，对每家每户早已十分熟识。我毕竟是个陌生人。她手捧一只水杯，表情木然地端坐在电梯拐角里的方木凳上。那木凳用橡皮筋捆包了一层厚厚的海绵，海绵已发黄，破了好几个洞。

我走出电梯，在15层的楼道里转了一圈，谁家也没进，我要去的实际上是14层，在这个电梯大婶询问时，为了泄愤，我故意报了15层。我知道，我可以从楼梯步行走到下一层。可现在，我哪里都不想去了。我心里对这栋楼，对自己跟无关紧要的陌生朋友的相处，充满了厌恶。对出门前特意挑选的这件能够显出自己完美身材的裙子、对手里提的这只坤包，感到从未有过的嫌弃和恶心。

我在楼道里的阶梯上稍微坐了一会儿，又走到电梯口按亮电梯。电梯上来，门打开，阿姨对我笑笑，她态度意外地好了起来。

"我是路过这里，送个东西就走的。"我主动再次向她解释。

"不要见怪，我不是只针对你一个人。"电梯阿姨也解释。她立刻又变得严肃、冷漠起来。

到了一层，我在她仍旧怀疑般的注视里走出了电梯。我感觉自己已不再是自己——我走得心虚而慌张，恨不得撒腿逃跑。

远离那栋楼，马路上的行人在我眼里全部变得虚幻起来。我自己也仿佛不再存在。我走进路边的一处树丛，背着马路，在花坛边慢慢坐了下来。

我深深地叹了一口气，脑袋变得很重，重得脸没办法抬起来。相约的人给我短信，问我还有多久才能到。我回复说有事，不去了。

我心里似乎被一种强大的屈辱填塞满，拿出手机，在短信里编辑：今日我与一男子在他朋友的屋子里偷情了，他是偷情，而我是光明正大，我疯狂地呼啸着，汗如雨下，最后惹得其他房主去找物业来探视屋子里究竟出了什么事。实在太可笑了，我们一丝不挂地站在物业大爷面前，他倒羞愧得无地自容，蔫蔫地走了。搞得我也兴趣全无，于是我草草收场，结束回了家，但那个男人并没有我轻松，他依然挺立在那儿，久久无法平静。编辑完后，我按动了一个熟悉的号码，发送了过去。

那是贾加的手机号码，与贾加分手后三年多，这是我唯一一次联系他，给他发去了短信。

当然，手机没任何回音。我坐在花坛边上，臀下冰凉。我认为自己有点儿过分，我又重新编辑了另一条短信：命运总喜欢跟善良的人开一些悲伤的玩笑……很多次，我在街道、在地铁、在过街天桥，看见有些背影与你十分相像，也是长长的、凌乱飘逸的长发，我的心顿时激动万分，战栗不止，周围一切都没了，变得模糊不清。我盯住他，跟在他身后，走过很长一段路后，鼓起勇气超过去，但最终都是失败。他们都是陌生人。我站在原地，呆立在那儿。我在心里呼喊着“贾加，你在哪里啊”……泪水都情不自禁涌了出来。

手机依然没有任何动静。

我呆坐了很长时间，其间流了一会儿泪，四周逐渐灰暗下来。

## 第十五章　七年前聚会，林一尘说喜欢某人，实际是个玩笑

老实说，自从与贾加分手后，我的情绪一直很低落，虽然每天白日我尽量强迫自己装扮成正常人那样，效仿他们的行为、举止、谈吐与他人交往，换取一些可怜的生活费用——也确实使我的生活发生了质的变化：一年后我从原先的地下室搬了出来，四年后用所有的劳动成果在京郊抢购了一栋期房，第五年又预购了一辆红色福特小轿车。每说起这两件事，很多人都羡慕我是个了不起的幸运者，我只能说，做好决策，根本无须对经济学、社会学了解太多——贾加一直没有理解透这个，他总试图在经济学里探秘，寻找致富规律。所以他一直十分苦恼，最终却毫无所获。

如今，我就坐在我购买的、房本上属于我自己的房子的阳台上，着手写这些故事。这是个非常漂亮的八角飘窗阳台，典型的中国南方住房的设计风格——我将它布置成半个阳光房——独自喝茶和写

作的空间。

我写的故事不仅是我与贾加，接下来，还有关于我与林一尘之间所发生的一切。与林一尘的相遇，实属巧合，似乎又是命中注定。

在北京，从头至末，颠沛流离了七年，我仍旧一个人。时间永无止境地向前流淌着，我早已经忘记了最初踏上火车远行的目的。我认为我一直在朝着毫无趣味的未来、朝着自我消亡，一路狂奔。这时，汪宇峰却给我打来了电话。

他在电话里说："请问，你是周莉吗？"

"我是，当然是周莉。"我没听出对方是谁，我想，你有我的电话，居然还询问我是谁？

"我是汪宇峰，你还记得我吗？"对方说。

我顿时张大了嘴。我没想到会是他！不过仔细分析了一下声音，确实是他。我开始无限激动。"你怎么给我打电话了？"我惊喜地大叫起来。

"好不容易才弄到了你的电话。"他在电话那头愉悦地呵呵笑着，"听说你在北京混得不错？"

"哪有？瞎混着。"我谦虚地附和着说。

"我想拜托你一件事，不知方不方便？"

"当然可以，能为你效劳，在所不辞！"我欢快地说。

"肖梅这些日子在北京，正参加一个文学研讨会，你能不能接待一下她？"

"啊？当然可以。太好了！我们都已经好久不见了。"我十分欢愉。这是一个多么久远的电话，像冥冥之中传来的一个远古的请求。

“刘志勇也在北京，你也可以联系他。”

“是吗？”我太惊讶了。

刘志勇是蝉城青年小说家之一——这是蝉城人灌输给他的名号，实际上，很多年他都没写出过什么像样的作品。刘志勇是赵大强的“铁兄弟”，他俩与其他三位合称“蝉城文学五小将”——据我所知，他们几个如今也各奔前程、散落天涯。

“听说，刘志勇在林一尘的出版公司当编辑。”汪宇峰继续说。他一直是个热心人，接着就把刘志勇、林一尘以及肖梅的电话号码全部发手机短信给了我。

我在屋子里犹豫了一会儿，然后鼓起勇气逐一给他们打去了电话。刘志勇说他周末有事，可以改天再约。肖梅接到我的电话说汪宇峰正跟她说起了我。我又颤颤巍巍拨通了林一尘的电话。林一尘说周六他正好有时间，可以请我们吃饭。我小心翼翼地问林一尘，不知他可听人说起过我？林一尘说当然知道——这使我感到意外而又惊讶。他在电话那头想了想问道：“这周六约在蓝色港湾一家意大利餐馆，不知可不可以？”

“可以，当然可以。我们没什么忌口。”我赶紧说。

挂了林一尘的电话，我又约肖梅。肖梅很欣喜。

周六，我与肖梅一前一后去了蓝色港湾旁边那家意大利餐馆。我到那儿时，林一尘已经坐在二楼背门的一个角落里了。

餐馆室内的装饰很欧式，温馨、浪漫。壁灯光线幽暗，墙角音响里低而舒缓地播放着熟悉但不知名的欧洲乡村轻音乐。二楼靠近窗户的三张桌子上已有客人，有客人的桌子上都燃着香蜡。在人进门时，微风拂过，香味扑鼻，烛光摇曳——四处弥漫着和谐、温和、暧昧的气息。

我远远看见林一尘坐在幽暗的阴影里看书，这使我一下子像是回到了七年前。

我记得那时林一尘长发齐肩、柔顺地披散着，圆形、瘦削的脸庞上，两侧的下颌骨明显地显露出来——林一尘有络腮胡子，但被他剃得很干净，青色的胡茬儿根显出他的脸部异常苍白。眉毛粗重（眉尾散开）。林一尘的眼睛很亮，亮得瞬间即可穿越静谧。

那天晚上，林一尘一直坐在酒吧靠卫生间过道的一个角落里。那个角落遗留下我不下二十次小心翼翼而胆战心惊的余光。

今天在我再次走近林一尘时，他向我投来注视的目光，一瞬间，我感觉自己的心脏竟如针扎一般，一下子被钉住了，有点儿移动不了脚步。

但我还是掩饰住了，走过去竖起右手，向林一尘随意打起招呼。

林一尘像位老熟人那样，合上书朝我微笑。

“肖梅一会儿就到。”我取下肩上的包，在林一尘对面坐下来。

“肖梅是钢城的吧？”林一尘不确定地问我。

“是啊。”

“她，也写作？”

“当然。她是钢城为数不多的女作家，市井专栏写得非常好。”我说，我被林一尘问得有点儿惊讶，愣住了。

“我见过她吗？不记得了。”林一尘说。

“见过啊，七年前，蝉城的那次聚会。”我说。

“是嘛，不记得她长什么样了。”林一尘尴尬地笑了笑。

“天，不都说你喜欢她吗？”我睁大眼，忍不住脱口而出。

“是吧？”林一尘继续笑，他笑得有点儿不自在——像是第一次听人这么说，他笑得好像还很羞涩。

我感觉事情让我十分迷惑。

“那次聚会结束后，第二天凌晨你给她打过电话，你说你很喜欢她，人人皆知。”我说。

林一尘还是笑而不答——愈加羞涩。

“你不记得肖梅了？那你还满口答应请我们吃饭？”我疑惑地微笑着问他。

“请你啊，我知道你。”林一尘说。

“啊！”我说不出话来，大感意外。

我跟林一尘说话间，肖梅来了，她的身材依旧清瘦、苗条。今天，她穿了黑色修身套装，化了点儿淡淡的妆，显得有些职业、正式。肖梅扎起了头发，刘海儿修剪得很整齐，以前的印象里，她喜欢在头顶拧一个发髻。皮肤没以前好，不知是水土不服，还是没休息好，浅浅的眼影没有掩盖住少许肿起的眼袋。肖梅笑起来，嘴唇单薄，牙齿还是那么好看，只是眼角分明多出了几条浅显的皱纹——已经能够看出她比以前年长了多岁。

肖梅跟林一尘点头致意后，在他对面坐下来。她把挎包放在身后，膝盖并拢微微向一侧倾斜着身子。动作还像七年前那样优雅。

“肖梅。”我向林一尘介绍。

“哦，有点儿印象。”林一尘微笑着点头致意。

肖梅依然爱眨眼睛，睫毛忽闪忽闪的。肖梅朝林一尘微笑，眼睛很亮（我感觉出她的眼神里流露出火热的期待和热情）。

林一尘叫来服务生让我们点餐，我要了一杯柠檬水，其他随林一尘点。肖梅要了一杯木瓜汁，也让林一尘随意点。

肖梅跟林一尘面对面，并没显出尴尬，两人都显得很高兴。林一尘问肖梅怎么来北京了。肖梅说，她被钢城作协派来参加一个研讨会。林一尘说：“挺好，文学需要多交流。”

听他们的聊天，可以断定这些年，他们两人之间真的从未联系过。

“你在北京很多年了吧？”肖梅问林一尘。

“六七年了。”林一尘说。

“那年聚会前，我已来北京了，刚到北京不久，为了聚会，其间我回蝉城待了几日。”

“你全家都在北京吗？”肖梅问。

“我一个人。”林一尘说。

“你已经成家了吧？”肖梅试探着问林一尘。

“没有。一直一个人。”

“你不小了吧？怎么还不结婚？”肖梅接着问林一尘。

“没遇上合适的。”林一尘支支吾吾地说，他被肖梅连珠炮式的问话问得有点儿不知所措。

“一个人，挺好的。”林一尘自我辩解着说。

“北京这么大，总有合适的吧。”肖梅开导似的说，“谈个女朋友也好啊。生活上有个照应，方便很多。”

“我生活过得挺好，喜欢运动，平时踢踢球什么的，很阳光，积极向上。”林一尘温和地说。

服务生把柠檬水、木瓜汁送上来，另外还送来一篮子面包和一份比萨。

林一尘把面包分给我们，然后拿刀、叉去切比萨。切完后，绅士地给我和肖梅各一份。

“《麦田守望者》里说，人生就是一场球赛嘛，所以无聊时，可以多运动。跑跑步也不错，村上春树就狂爱跑步。”林一尘一边嚼面包，一边说。

“村上春树好像写过一本关于跑步的书。”我附和着说。

“《当我谈跑步时，我谈些什么》”林一尘啃着面包告诉我书名。

“多做运动确实好，写作绝对是个体力活。”我向林一尘笑了笑，感谢他提示我书名。

“你不准备结婚了吗？”肖梅又突然问林一尘。显然，她对这个问题十分感兴趣。

“以后再说吧。”林一尘露出些为难的神色。

“你住什么位置？在北京买房子了吗？”肖梅继续问林一尘。

“没有，租房子住。”林一尘被问得有点儿不好意思了，“在这附近，不远。”他补充说。

“你怎么不买房子呢？”肖梅又问，满脸困惑。

“我喜欢租房子住，漂着的感觉挺好，并且，搬家的感觉也挺好，不喜欢那儿了，随时可以换地儿，是吧？”林一尘说着，转过头来问我，他似乎觉得我一定会有认同感。

我赞同地笑了笑。

实际上，我对肖梅的问话，早已心生厌倦。我甚至在想，几年不见肖梅，她怎么变得如此庸俗不堪，如我那远在老家小镇的婶娘——每年春节回老家，她看见我，就会抓住我的胳膊东家长西家短地问个没完没了，问得你不厌其烦。她问的尽是一些老百姓唯一关心的生存上的问题。

我嚼着面包看着肖梅，心里生出无限悲伤和同情。我同样意外地从肖梅的眼神里，看到她对我们现状的失望。

“我弟弟也在北京，刚来三年，做IT，住在北五环，已经在北京买房、买车了。”肖梅继续说，显露出一些自豪和得意。

“哦，挺好。”林一尘低着脑袋说。

吃完比萨，他放下餐具，用纸擦净双手，从身旁的沙发上拿出几本书，给我和肖梅。这时，我才发现林一尘身旁一直放着这么一个装书的大布袋。

“我们做的几本书。”林一尘说。

“我喜欢朱武的小说。”我翻开其中一本，告诉林一尘。

朱武也是蝉城的作家，他是蝉城那次文学运动的发起人之一。人如其名，虎头虎脑，一副武相，文学才华却横溢。我对他写的一篇关于他与女友在市场买肉时被莫名其妙拉去做各种人证的小说特别有印象，看完后，我对他能轻易发现生活荒诞无趣的才华感到惊叹不已。

于是，我们三人针对文学作品开始聊了起来，总算使这次晚餐有了一点儿生气。

肖梅说她喜欢杜拉斯的作品，说文字如何如何好，音乐感十足，而我却不这样认为，我觉得这种音乐感像一个女人独自待在一个空荡荡的房间里无聊地抽筋。

林一尘一言不发，静看我与肖梅辩驳、较劲。我说我更喜欢恢宏叙事以及知识性强、覆盖领域广、叙述真诚的作品。当然，如果语言能够幽默、智慧就更了不起了。

这次交谈，我感觉自己像一只很早以前就断了线的风筝被他们无意中找回。我无所顾忌，大肆侃谈文学观，听得肖梅和林一尘不时露出十分惊讶的神情。

兴奋过头，我有点儿手舞足蹈，挥起的衣袖不经意将面前桌子上的柠檬水杯一下子带倒，半杯水洒了出来。林一尘见状，赶紧扶起水杯，从他身旁抓过几张纸巾递给我两张，他拿起另外几张纸巾擦拭桌面上的水渍。

我顿时满脸火热，意识到自己的失态。我抬眼看林一尘，发现他脸色变了，但不是鄙夷，只是稍微露出一丝遗憾。

我忐忑不安，但又怀有少许侥幸。我不知所措，立刻在内心谴责起自己，为自己刚才的失态深感担忧和不安——我担心被林一尘发现我有意在抢肖梅的风头，有意显露出她的土气和庸俗，过分且并不友善。但此刻，我更担心我刚才的兴奋举止，彻底破坏了我在林一尘记忆中的印象。

“我们光顾着聊天，忘记吃东西了。”林一尘微笑着提醒我们。他应该是为了转移我们的注意力。他漫不经心地擦干桌面，又说，“这条街，我比较喜欢这家，环境好。”

我与肖梅才想起环顾四周，发现其他桌喝咖啡的人都很安静。

餐毕，林一尘送我们离开。肖梅要去她弟弟家，林一尘先拦一辆出租车把她送上车，与她挥手道别。然后，林一尘站在路边又帮我拦车。

我站在风里看林一尘的背影，高大而又彬彬有礼。我看着，内心一阵温暖。坐上林一尘帮我拦到的出租车，与他挥手道别。

出租车开出很长一段路，望着车窗外绵延不绝而又闪烁不定的霓虹灯，想到林一尘绅士般彬彬有礼的样子，感觉激动不已。

# 第十六章　林一尘让我第一次体会到一种前所未有的被爱护和关怀的感觉

我企图把我对林一尘的这种隐秘的情愫告诉他，但我一直寻不到机会，也没有勇气。自与肖梅这餐饭后，我更加坚定了脑海里对林一尘的判断——他其实是个优雅、浪漫、温柔的男人，正是我寻求和喜欢的男人。至于七年前林一尘与肖梅的关系，仅仅是聚会酒后的一个玩笑，一个误会。他们并没有我所想象和担心的那样，产生联系。

可我越是想把这一想法告诉林一尘，却愈加不敢再次接近他，因为我仔细分析自己的优缺点，觉得自己根本没有任何资格。

与肖梅吃饭几个月后，已是北京的初春，二月的寒雪还没化尽，我日渐感觉心身困乏、疲惫，一个偶然的机会，我与林一尘又取得了联系。那是因为我一个朋友的一本翻译书籍正在努力寻求出版的机会。我联系了林一尘，把这件事跟他说了，他说可以先看看书稿再议。

我说好，然后嘱咐那个朋友把书稿发到了林一尘的邮箱里。

“我还希望能单独与你聊聊天。”谈完事后，我又鼓起勇气跟林一尘说。

“可以。我今晚就有空。”林一尘说。语气还是与以前一样温和。

“好，晚上七点左右，我去你家附近，请你喝茶。”我说。

“我住团结湖，你来这边吧。”林一尘说，“你知道团结湖怎么走吗？”

“放心，知道。”我与林一尘匆匆挂了电话。

我把手边的事情迅速处理完，坐在办公室里等待时间慢慢过去。我不知道单独见林一尘会怎么样，我无法预知结果，但我却对这次相见充满了渴望和期待，甚至一遍遍地在脑海里构想着各种情景。

下午六点半我从单位出发，七点正好到达长虹桥附近。

“坐地铁转 10 号线有团结湖站。”林一尘又给我打来电话说。

“不，我开车来的，”我说，“我已经在团结湖路了，我看见了京客隆超市。”我在电话里告诉林一尘。

“你走对了，前面见红绿灯左转，我就在前面路口右边。左转后，就能看见我。”林一尘说。

我到红绿灯处左转后果然看见了林一尘。林一尘头发比上回见他时长了一些，披至肩部。林一尘穿一件绛蓝色短款冲锋棉衣，由于个子高，显得干干净净——我看到他时，他总是从周围的事物中脱颖而出。

我停下车看林一尘迎面走来，首先进入视线的依然是他的眼睛——不过，今天，他戴上了眼镜。透过镜片，我仍然能够捕捉到他的视线——不知道是过去的，还是此时此刻。

我尽量抑制内心的喜悦，安静地看林一尘拉开车门坐进来。

“还没吃饭吧？”林一尘问我。

“没呢。”我想早已与他相约，当然不会先吃。

“去我家随便做点儿吃，可以吗？”

“可以，当然可以。”我连忙应允。

“不过，我最近有点儿感冒，你会介意吗？煮些汤喝吧，喝了汤，感冒很快就会好了。”林一尘说。

说完，他指示我把车开进他居住小区附近的路边，然后下车，领我走向他的住处，我们踩着已结成冰的积雪，脚下发出咯吱声。

这是北京最常见的老式六层板砖楼，林一尘住六层。我跟在林一尘后面爬楼梯上去。有点儿气喘吁吁。

放下包后，林一尘很利索地脱去外衣。他走进厨房，从门后拿出围裙套在脖子上，然后让我帮他系上背后的带子，我惊讶地站在了那儿。

下午，以及来的路上，我怎么构想都不可能会想到林一尘居然还会穿上围裙做饭！可以说，这一幕足以让我立刻晕厥。

“我习惯照顾别人，不习惯被别人照顾。”林一尘边忙碌边说。

他围上红色的围裙很好看，围裙的正中是一只手举起的拳头——拳头握得像一柄钢斧——立志奋进的工农红军，这种图案在南锣鼓巷步行街的店面里随处可见，它们印在蓝色、黑色帆布雷锋包上，印在白色的搪瓷茶缸上，印在特色纸笔记本上，印在白色T恤衫上……他们算是中国最常见的当代波普艺术的象征。

林一尘走进厨房，从几个塑料袋里拿出两个西红柿、洋葱、鸡蛋，然后又走出厨房到冰箱里取出几个包装袋，我上前看，是一些鲜贝、虾仁之类包装的海鲜干货。

在林一尘进进出出的过程中，我只能紧贴在厨房门框边缩身给他让道。

准备工作一切就绪，他卷起线衣衣袖——他穿的是一件横宽条红灰相间的低圆领线衫。

他立刻站到水池边开始洗菜、洗刀、洗砧板。

洗菜、切菜的过程中，林一尘十分熟练和有经验。

我傻傻地呆站在林一尘面前，看着眼前的一切反而不知所措。他在忙碌，有水溅到他衣袖上时，我慌忙帮他卷起袖口。我看到林一尘露出的胳膊很细弱，皮肤下几乎没有脂肪。我所做的只能是这些，其余时刻都变得碍手碍脚。

“我做菜速度很快，是不是？”林一尘没一会儿就忙完了一锅汤。他十分得意，“我自己都不知道怎么回事，几下就弄好了，是吧？”他朝我微笑，扬扬自得，连连自我夸奖。弄得我呆站着不知再怎么去赞扬他。

坐下后，他给我盛了一大碗汤，因为有鲜贝、虾仁，汤味十分鲜美。他还蒸了两根香肠，他说是他妹妹自己亲手做的，让他带来北京的。香肠内瘦肉成分确实比较多。他说，都是猪后腿肉，有嚼劲儿。

吃饭间，林一尘继续说，春节回老家，小妹妹特意为他炖了一只老母鸡，结果把鸡胆忘记摘除，在锅里一起煮了，熟后，鸡汤极其苦。小妹妹要把鸡汤倒掉，他制止了，把一大碗鸡汤全都喝了下去。

“其实也没什么。”林一尘笑着说，“凉瓜也苦，可吃进去对身体还有很大的好处，是不是？”他抬起头对我笑。

我也朝他笑，并附和地说：“凉瓜虽苦，吃习惯了也挺好吃的。广东人可喜欢吃了，经常与排骨一起炖，清火爽口。”

林一尘又给我倒了半杯葡萄酒，他也给自己倒上半杯，之后又从冰箱里找出一块压缩奶酪。他用小刀切成几根长条，递一根给我。

我们喝完汤就开始吃奶酪喝葡萄酒。在喝酒的过程中，林一尘也闲下来了，我们开始聊天。我对他的烹饪手艺大大赞扬了一番。

“真没想到你还会做饭，居然做得这么好吃。”我喝完最后几口汤，接着又说，“这让我不由自主联想到了我爸爸。”

“以后，就叫我爸爸好了。”林一尘开玩笑地说。

“臭美。”我嗔怪他，我想到他的这句玩笑跟很久以前，贾加轻敲我鼻尖一样，使我快乐。

“我爸做菜比我妈做的好吃，很小很小的时候，我就想，将来一定要找一个会做菜做饭的男人。你千万别嘲笑我，就是儿童时代的梦想。孩子时，见到什么好吃的就想要，就渴望永远占有。”我呵呵自嘲地笑着。

“我什么都愿意做，唯独不喜欢做菜、做饭。我一直觉得，家务事中，唯这些最烦琐。不过，我挺喜欢洗碗。我把碗筷能洗得干干净净，一点儿油渍都不留。”我自豪地理了理头发，不甘示弱地告诉他。

“那你找我不是正合适？”林一尘幽默地笑起来说。

我被林一尘这么一提，内心突然开始发慌，沉默下来假装喝水，尽快安抚住内心。

林一尘也端起水来喝。喝完水，我们就这么安静地坐着，不知再怎么聊天。或者只是想稍微休息一下，等胃中食物下沉。我觉得我是该鼓起勇气跟林一尘谈一谈，七年前蝉城聚会时，他留给我的印象和感受。

“蝉城聚会那天，你坐在去卫生间过道边的那个角落里，你可记得？”我坐直身子，问林一尘。

“好像是。”他睁大眼睛看着前方，努力回忆。

“那时，我见你很忧郁，所有人都在闹腾，每个桌子轮转着敬酒、喝酒，唯独你安静地坐在那个角落里，一动不动。有时你低下脑袋，有时你抬起眼睛观看大家。整个晚上，你都没挪动位置。”

“哦？是吧？”林一尘努力地在脑海中搜索过去的记忆，“那会儿，我父亲刚去世不久。”他停了停说。

“啊？原来是这样。”我第一次知道他父亲已去世。

“我母亲先生病去世，五年不到，父亲又生病走了。夫妻之间总会这样，一个人先走了，留下的那一个常常自我感觉也活不多久了，我也不知他们怎么会有这样的感觉。我母亲走后，父亲总觉得自己一个人没什么意思了。”林一尘说这些话时，表情中又重新现出我当初见他时的阴郁。我内心不免为勾起他忧伤的回忆而暗暗自责。

“那晚，你穿一件浅灰色中短款风衣，那风衣非常好看，将你显得很瘦弱。”我想说，那晚，他留给我的印象是那么深刻，我对他一直念念不忘，但我还是难以直接说出口。所以，我不停地向林一尘提起那件好看的风衣。

“对，说得没错。当晚，我好像是穿着那件衣服。那阵子，我挺喜欢穿它。”说着，林一尘就站起身子，他走近衣橱像是要找什么东西。

“那件衣服我好像一直还带在身边。”他打开衣橱，上上下下在衣堆里翻着，“是这件吗？”林一尘翻出一件来展开，问道。

“好像不是，我记得是浅灰色的，或者浅蓝色？”我说。

“因为是晚上，也许我看错了。”

他又在衣橱里翻找。他找了半天，还是没找到。

“我记得那件风衣，确实有过。奇怪，不知放哪里去了。”林一尘很想把那件衣服找出来。

“你，真不记得那天深夜给肖梅打过电话？”我又试探着问他。

“也许，但不记得了，时间太久了。”林一尘面带羞涩地说。

“都传言你喜欢肖梅。”我打趣说，也算如实相告。

“是吧？”林一尘难为情地笑起来。

“不过，也有可能是你们又回去喝酒，趁着醉酒故意骚扰肖梅，与她取乐。那天晚上，人那么多，又那么杂，肯定会起哄，是不是？”我帮林一尘开脱。

“相当可能，那会儿年轻，经常凑一起瞎闹着玩。”林一尘突觉轻松，“谁也不当真。”他轻松地又坐了下来。

我没告诉林一尘，他那时一个不经意的玩笑，竟被我耿耿于怀了这么多年。而此时，我与林一尘已冰释前嫌，面对面坐在了一起。我所期盼的是释怀，把我的心声告诉他。当然，我根本没想到能有所回报，我想到的仅仅是能够向他倾诉，把我说给他听。

“来北京这几年，我过得很不容易，吃过很多苦头。不过，我都一一克服，坚强地站了起来。”这一刻，不知什么原因，我已完全信任林一尘了。

“你今天的状态，看上去很好。”林一尘鼓励我说。

“还是感觉比较孤单，我对单身生活有点儿深恶痛绝了。”我苦笑着说。

“应该谈个朋友。”

“北京这么大，想找到一个知心恋人，简直太难了。”我叹息道，“我根本都不知道该怎么去寻找……”

“喜欢谁，一定要告诉他，勇敢追求他。不要怕，不是说，‘男追女隔座山，女追男隔层纱’吗？”林一尘安慰和鼓励我。

“不尽然吧，各有各的难。”我很不相信这句骗人的鬼话，“我觉得现如今，倒恰恰相反，男追女更容易一些。”我说。

其实，我还想说很多有关现今男女比例断层和失衡的问题，但我尽量打住了。

我们聊天过程中，时间不知不觉就过了夜间十二点，我准备向林一尘告辞。他把碗筷和酒杯洗刷干净，送我下楼。下楼时，林一尘发现他钱包不见了，于是说，他打算去办公室和去车里找一找，看钱包是不是落在那里了。

我与林一尘一起下楼，他启动我的车向他办公室方向开去。坐在副驾驶座位里，我第一次体会到一种前所未有被爱护和关怀的感觉——一个配角和弱者的感觉——我多么宁愿做那个被呵护的对象啊。

到了林一尘办公室大楼附近，他下车，指给我回家路的方向，然后他向办公室走去。

大约十分钟后，我收到他发来的手机短信：钱包在车里。我回复：好。然后向回家的方向继续开去。

# 第十七章　在北京这座孤岛上，林一尘与我的距离只隔一层纱

“我想问你一个问题，不知可不可以？”

去林一尘家做客的第三天下午，不知一股什么力量，致使我给林一尘发去这样一条手机短信。

当时，我坐在办公室里，发觉自己感冒得越来越重——脑袋沉重、遍体酸痛——身体严重失去了重心。

“你说。”林一尘回复。

“你与我之间是纱，还是山？”

“纱。”停了一会儿，林一尘回复过来。

我感到浑身一股血涌了上来，心脏一阵狂跳，这明显是在暗示我与他之间仅一纱之隔。我握紧手机不知如何是好。

需要仔细想想，我反复告诫自己。

晚上回到家已近八点，林一尘竟给我发来短信，他说他傍晚从

宜家买回来一个CD架，感觉好难装。感冒使我头脑眩晕，似乎还能坚持，我很想把感冒的严重度告诉林一尘，但我还是没有说出口。

“或许我可以帮你的忙。”我电话里告诉林一尘，“如果你愿意，我可以去试一试。”

他表示欢迎，又表示感谢。

我拖着病体把车开到他家楼下。

半路，林一尘下楼来接我。他踩着积雪“嘎吱、嘎吱”朝我走过来。他双手插在裤兜里，动作很轻盈——步调好似带着某种音乐性——能看出他心情很愉悦。

林一尘指挥我在路边停好车。

跟随林一尘上楼，爬楼梯时，他问我：“我的裤子好看吗？”

“不错，很好看。什么牌子？”我仔细去看林一尘的牛仔裤，裤形十分服帖，把他原本细长的双腿显得更长、更直，臀部圆润。

“去年年中出差法国时买的。”林一尘说。

他低头看自己的腿部，又转身拨开皮带给我看标牌。我伸过头，看上面有明显的“1873”字样，但旁边的英文字母，我不全认识。

我心里很美，见它是一条新牛仔裤，我认为林一尘是特意穿给我看的，虽然这话并没从他口中说出来。

他开门进屋，我随他走进他的卧室。这时我才发现上回来做客，我只顾着在客厅和厨房里转悠，竟忘记参观他完整的生活。

林一尘租住的是个一室一厅五十来平方米的屋子。房间里很俭朴，除去沙发、电视机、写字台和一盏细柄钢管台灯，就是书和四五个约两米高的CD架。CD架里装满了各种CD碟片。

林一尘还有一对宝贝音响。这是进了他的房间后，他指给我看并向我介绍的。他从靠近房门的一个CD架上翻选出几张得意的碟片放进音响里轮流播给我听。他先放古琴老八章。

“还是听这张吧，是个九岁孩子唱的，天籁之音。”林一尘换一张说。

碟片转动，一个孩童的声音在房间里吟诵开来，确实很悠扬、开阔、空灵，像四周的魂魄都飞了起来。

我们静静地听着。

林一尘又点上两根红色的圆柱体香蜡，烛香在音乐中缭绕升腾。

“你要装的CD架呢？”我问他。

林一尘从床底拖出一只大纸盒，打开，里面是简易组装CD架的木条。他从客厅拿来剪刀，剪开缚带，取出木条对照说明书开始进行装订。

我蹲下身子帮忙，忙了一会儿，我发现自己的脖颈和背部有冷汗渍出。

“不行，我坚持不了了。”我告诉林一尘。

这时，林一尘才知道原来我正生着病，发着高烧。他走过来看了看我的脸色，从写字台下抽出一把椅子，劝我坐着别动。他去客厅给我倒了一杯白开水，又叫我好好坐着。我手握水杯，看林一尘蹲在地上劳动。内心被人关怀的激动和感慨无法言表。

我坐在一旁忍不住暗暗观察林一尘。他身上的毛发比较浓密、粗长，劳动时，我看他手指背上稀疏的几根足有三厘米长的指毛在扬起的风里飘动。看着看着，好几次，我脑海里竟突然滋生出一股想去抚摸那双手的臆想冲动，或者那双手能够来碰触我一下，碰触我身体的随便某个部位。我想，我的脸会红起来，我的身体会发热。

想着想着，我确认，我爱上他了，这不可否认。我爱上了林一尘之前的忧郁和他现在营造出的气氛，更重要的是他此刻的关心和温暖。

组装 CD 架的过程有点儿琐碎，尤其是辨别每个螺丝钉的位置和木条榫头之间的搭配。林一尘对照说明书认真分析着。等他装好 CD 架，时间已过深夜 12 点。我支吾着起身，准备向他告辞。

林一尘竟也犹犹豫豫着，露出一丝留恋不舍的神情。

“这么晚，还是不要回去了。”林一尘说。

我没想到林一尘会这样挽留我，他似乎早已看穿了我的心，我一下子定在原地不知如何是好。

林一尘去客厅的衣橱里抱出一床折叠好的新被褥放在他的床上，他的被单花纹是由简短的淡褐色的斜细条纹变化成不同的方格密集地排列而成，泛着柔和的光，我看向它时，容易让人产生幻觉，一种被立体包裹的强烈的幻觉。

“你发着高烧，这样回去，让人不放心。”林一尘说，“两床被子，分开睡，你不要太介意。”他在床上铺整齐被子，“大家都在外地，都十分不易。”他走过来又摸了摸我的额头说。

林一尘竟用他的手摸了我的头，我的脸红了，我的心狂乱地跳动着，又因为发高烧，整个胸口跳得更加猛烈。

林一尘善意的微笑和忙碌，一步步瓦解了我的拘谨和戒备。

我的身体和意志都很无力，在椅子上又坐了下来，不知该如何是好。

林一尘在房间 CD 机下的柜子里翻了翻，找出了几盒药，在灯光下仔细辨认。他确定了一盒后，走过来递给我。“这是退烧药，这是感冒冲剂，中成药。我给你冲了，你先喝下。”他又走去客厅帮我冲上药。

喝了热乎乎的药后，我浑身也热乎乎起来了，脖子及后背有丝微细的汗冒出。

林一尘从衣橱拿出一块粉色的新毛巾递到我手上。

“不早了，你的样子很累，快洗洗睡吧。药吃下去，夜里可能就好了。”他说。

林一尘把毛巾递给我时，他没看我有什么反应。他自己跑去了卫生间开始洗漱。我听到洗手间水流的声音。他拧毛巾和刷牙漱口的声音都很大，此时在我紧张竖起的耳郭里格外响亮地回荡着。

他洗完后，又走回房间。“快去吧。”他见我一直原姿势坐着不动催促道。

我手捧毛巾不知所措。

“牙膏，我已帮你挤好了。”他一边说，一边脱下外套，“放心，我不会碰你。”

我虽然内心一直忐忑不安，但又反复安慰自己。我知道自己并不想这么快就离开这样的温暖和这样的照顾。这是我在北京这座孤岛上漂流了整整七年，早就渴盼的一线光明和温馨时刻。

我很快洗漱完，战战兢兢地走进房间。林一尘已躺进近处的一个被窝，把靠墙的那个留给了我。那个被窝平坦、安静地躺在那里，在林一尘床头的台灯下等待着我。台灯放出微弱、幽黄色的光。

我没有把衣服脱完，只脱下了外套和袜子，和衣蜷缩着躺进被窝，丝毫不敢动弹。四周的空气都快凝固了，比任何时候都安静，我觉得像是回到孩童时那些个宁静又不安的光景里。

我没与林一尘睡一头，我睡在了他的脚边。老实、安分地裹紧了被子。我确实有点儿担心和羞涩，脑中冒出各种猜测和想法，始终拿不定主意。

“这样，让我想到了我的父母。”安静了很久，林一尘突然在我脚头说。

“你说什么？”我装作没听清，大声问他。

“这样睡觉的方式，使我想到了我的父母。”他抬高声音说道，“我们可以自然一些。”

我明了林一尘的意思，是要我睡到他那头去。我觉出他在嘲笑我的警觉，或者他对我对他的不信任感到了一丝不开心。

我摸索着调转了方向。

他把台灯关上，没一会儿就听见他沉重的鼾声流出。

“我可以握你的手吗？”我轻声地想试探林一尘是不是真的睡着了。

“可以。”他说，他在黑暗中突然睁大了眼睛，从他的被褥里伸出手。

我从自己的被褥里伸出手，慢慢摸到了他。

林一尘的手很大，很热，虽然手指不粗，但骨头也很硬。我忍不住牢牢地握着。很快，林一尘又闭上了眼睛，鼾声又起。

# 第十八章　等候一个满脸胡子、浑身长毛的男人，我已等了几辈子

我与林一尘就这样手握着手一直睡到第二天清晨。此时，我的热才真正退去。我放开与林一尘握了一整夜的手。醒来时，惊觉我还活着。流了一夜的汗，浑身湿透了。被单和衣服全都湿了，紧紧地裹在皮肤上。我握着林一尘手的手心也是湿的，汗在我们俩的指缝间黏来黏去。我睁开眼，窗帘并没合严，露出一缕清晨刺眼的光。

林一尘睡在我身边，他在另一个被窝里，头发披散在与被单同样花色的细格条纹的枕头上。他还没醒，眼睛一动不动。我抬头伸长脑袋看他安静的脸，鼻梁高挺。青青的胡子根爬满了他的半张脸，我有股想要伸手去抚摸这些胡茬儿的冲动，但却不敢。我不想将他弄醒，只想静静地看着。

其实，整整一个晚上，因高烧一直在折磨我，迷迷糊糊中，我倾听了林一尘一整夜的呼吸。均匀、沉稳、踏实又宁静。只在临近

天亮时，才沉沉睡去。

林一尘的安静和斯文让我联想，他的心一定也是如此宁静和安全的。

“我可以再摸摸你吗？”我不知他醒着还是依旧在沉睡。我试探着轻声问他。

“可以。”他又说。

我没想到实际上他也醒着。我们俩又在被窝外，把手紧紧握住。

“我可以摸得更多一些吗？”

一股重获生命的力量，使我忍不住提出更多一点儿的要求。我知道窗帘外面就是耀眼的光明，就是匆匆忙忙走来走去的人群，而窗帘里面，这个幽暗的房间里，一张温暖的床上，只有我和林一尘。

在这个没有其他任何一个人参与的世界里，只有我和他。

林一尘睁开眼，眨了两下看了看天花板。他好像在思考着什么。

“我，我想引诱你，不知可不可以？”我探出脑袋，俯在林一尘的耳边，一字一顿、怯怯地、微笑着说。我也看向天花板，我不敢直视他的眼睛。我不知道他会答应还是会拒绝，因为他整个晚上都没有碰触我。那样的彬彬有礼。

“不可以的。”林一尘思考后说。

他拒绝了我，我突然觉得自己好没脸面。我躺下身体，缩回脑袋不再说话。

“你的病还没好。”他想了想，又委婉地说。

“运动一下，不是更好？汗出来了，烧自然就退了。”

我有点儿被逼急了的感觉，声音不免变得急促。我敏感地意识到，如果此时我起床，从林一尘这个房间离开，那么，我就会与他再次分别，像我昨日之前等待的那个七年一样漫长。或许，比七年更久，永远再无交结。

“喜欢你的女孩子，应该都很美？”

你不确定他对我有无嫌弃。或者，我想试探他对我是不是真的没任何想法。

“我知道自己不怎么漂亮。”

我扭过身，背过脸，继续说。

“还生着病。”

“说不定会传染给你。”

越说，我心中越有一种强烈的失落。

“都不是，我喜欢——被——动。”

林一尘努力地从牙齿缝中挤出这么几个字。每个字都很清晰，很重。

林一尘的右手一直都没放开我左手。它们还是紧握在一起。

我大吃一惊。我觉得林一尘还是喜欢我的，甚至希望我更进一步地入侵他。只是，他也在忐忑等待。

静默了一会儿，我慢慢转身，掀开自己的被窝，也掀开他的被窝。把另一手伸进去，拉开他单薄、柔软的棉毛内衣，慢慢抚摸着他的胸膛。林一尘胸肌很健壮，硬得如两块铁饼。

再往下摸，林一尘的大腿上全是茂密的腿毛，粗粗糙糙的绊着我的小指头，使我心里产生一阵酥麻感。

我在林一尘浑身上下摸了一会儿后，林一尘突然翻过身体，把我压在了他身下，他试图快速地进入我。

他闭着眼睛不看我，从喉管里发出来的声音低沉又压抑，略带着些许哀吟和艰难。我试着吻他，把舌头探进他嘴里。林一尘的嘴唇硬硬的十分结实，舌头也硬硬的。在我探进舌头的一瞬间，他像是被突然遭到了入侵一般，狠狠地咬住了我。

我赶紧抽出舌头，舌根处已被他咬痛，我呼呼地哈着气。

“我不知道你伸进来了。”林一尘抱歉地说。

我以为林一尘不会接吻，大吃一惊，这种惊讶又令我莫名的兴奋。我意外地猜测，林一尘的情感生活可能是一片空白。

“没有关系。”我说。

我躺好，微笑着，撕去防备和羞涩，欢畅淋漓地把整个身体和生命都交给他。

整个过程中，林一尘粗暴的愤恨声，让我感觉像在生命的幽暗里慢慢摸到了一面墙。

“我等候一个满脸胡子、浑身长毛的男人，等了几辈子。”事后，躺在床上，我激动地告诉他。

“人跟人真是不一样，我为此还一直很自卑。”林一尘说。

“我做梦都想拥有，这是力量的象征，同时又代表温柔。”我趴在林一尘的胸口告诉他。

“身上无毛的男人，白森森的，多像一只脱毛鸡。”我笑着说。

“你看，我爸爸身上很干净，我们几个子女连腋毛都没有。”我伸出胳膊把光溜溜的腋窝展示给他看。

林一尘觉得奇怪，他说他见过很多女孩子都有浓密的腋毛。

“你见过多少女孩儿？”我玩笑地觉得抓住了他的小辫子，赶紧俯到他身上说。

“没有几个。”他意识到自己说漏了嘴，赶紧搪塞。

“几个？”

我穷追不舍，与他玩闹。

“别发神经。”他说。他拉开我的双手，掀开被子起床去洗漱。

# 第十九章　爱，让我只想走在你身后，沉默不语，不停地注视和仰慕

第二天是周日，我们俩黏在屋子里一整天。

林一尘喜欢拖地、洗衣服，也喜欢照镜子。他用梳子一遍一遍地梳头发，问我是短发好，还是长发合适。我调皮地告诉他，一个样子。——我喜欢的林一尘的样子。

傍晚，他叫我一起去买菜，走在路上，我们像一对情侣，又像一对兄妹。天空清晨时还是阳光灿烂，近傍晚却飘起了细细的雪花。

菜市场里，林一尘挑选蔬菜，除了询问价格，他还跟小贩们问候、聊家常——这又使我惊讶——林一尘说，他常常过来与他们聊这些话题，能看出来，林一尘跟他们很熟识——每惊讶一回，我发现我对林一尘的了解越深一层。

我确认我是真的爱上他了。

我爱上了林一尘的胡子根儿，爱上了他结实的肌肉，爱上了他

浑身长长的毛发，爱上了他的喘息，爱上了他的命。

爱，让我只想走在林一尘身后，沉默不语，不停地注视和仰慕他。

林一尘很懂得买菜。回来的路上，一不小心，把一袋袋装豆浆弄破了，豆浆洒了一地。他觉得很可惜，我安慰他。我把手里买的水果递到他面前告诉他，这才是我真正喜欢的。

我买了几根香蕉和两个火龙果。

回到林一尘的屋子，他进厨房系上围裙开始做菜、做饭。我把火龙果剥开切成小块，用牙签戳了送到林一尘嘴里，他很开心地接过去。

后来，我无所事事，拿起抹布帮他擦桌子。继而，我见他房间的几个角落都很脏乱，开始帮他打扫卫生。从床头柜开始，擦到窗台、书桌、电视机、音响、沙发……擦到冰箱时，我从冰箱背后的空隙里找出一瓶男士香水，递给林一尘。林一尘说，屋子的灰尘足有五年多没清理了。一股荣耀感立刻涌上我的心头。

林一尘看了看香水瓶上标签的日期，居然还没过期，他高兴异常。

做完饭，他突然想起昨天在无印良品购买物品时，有件东西付过钱却落在那儿了，他连忙解下围裙，要去取回。

等他从无印良品回来时，我还没打扫完房间。

他把一支无印良品的润肤霜递到我面前说："特意买了送你的。"

我接过来，看都没看牌子，就塞进了自己的包里，内心的喜悦无法言说。

有人给林一尘电话，约他去吃饭，他拒绝了，然后回过头来对我说：“人，要学会拒绝。”

我十分激动，至少因为我在这里，他拒绝了别人的约会。

我把窗台上的书一本一本抽出，擦净上面的灰尘。林一尘拿出其中几本，翻开，准备读给我听。我凑上前看，是萨冈的《你好，忧愁！》的法文版。他打开书，坐在椅子上，一句一句地读着法语。我丝毫听不懂法语，对它的发音一窍不通，但我还是能判断出他的法语说得（估计）很好。

房间打扫干净了，林一尘找出几支香蜡点上，又打开他的宝贝音响播放起低缓的音乐。

我们坐下来一起吃饭，他给我盛了一碗汤，又给我们俩各自倒了一满杯葡萄酒。

我们喝完了汤，又喝完了酒，他收拾完碗筷，又去煮咖啡。我在林一尘煮咖啡时，帮他洗完了水池中的碗筷。

忙完这些，我们就坐下来休息、喝咖啡。

打扫卫生时，我在林一尘的 CD 机旁看到了一盒象棋。这时，我拿过来要跟他走一盘。

他欣喜接受。

塑料薄纸棋盘放在床上，我跟林一尘各坐一头，开始对弈。

他棋艺不赖，每下到一半时我就举棋难进，他便开始得意地咧开嘴笑。他边下边炫耀自己的智商，努力想把他打败，激起他的愤怒，但最终都是徒劳。最后，我气愤地把他推倒在床上，他跷起脚，开心地大笑起来。

打扫卫生时，除了这盘棋，我发现林一尘的房间里还有一把二胡，我想让他拉给我听，他说下回吧。我表示十分期待。

休息了一会儿，林一尘的电话又响了，还是先前约他吃饭的人。林一尘很犹豫，见此状况，我建议他还是去一下比较合适，我说我也准备回去了，明天周一，还要上班。

林一尘觉得对，我收拾东西跟他一起下楼。

他去车库把车开出来，并用电话指挥我在马路边与他会合。看到林一尘的车后，他打开车窗示意我跟在他后面——当车窗玻璃落下时，情景又像是回到了七年前蝉城聚会的那天夜晚——林一尘的大眼睛在幽黑的车窗内显得异常明亮。

我的心暖暖的，感觉到愉悦和轻松。

中途，由于红绿灯和车流的速度不一样，有几段路程我把车开到了林一尘前面，他随后紧跟我的车，又因为避让其他车辆，他的车又超到了我车的前面。这样，我们同路大约半个小时。临分别时，林一尘把车停在路边，又摇下车窗，面露微笑赞扬我车技不错。

看着车窗里林一尘明亮的眼睛和亲切的微笑，我再次激动异常。

我感觉这段路程像极了我与林一尘相交错的生命轨迹。

回家的路上，车窗外的雪一直没化，还不断窸窸窣窣地增加着。

这个冬天感觉比任何一个冬天都要长，为了我与林一尘的再次相遇，时间变得如橡皮筋一般，捉摸不透地生长着。

之后，晚上与林一尘通电话，超过了两个小时，再见面时，林一尘说，这段时间，他听力明显下降了很多，左耳几乎失聪了。他边说边故意用手拍拍打打，或者掏左耳朵，装作什么都听不见了。

“都是你打电话打的。”林一尘一本正经地说。我很吃惊，不知是真是假。

“我右眼珠是假的。”不经意间林一尘又说谎骗我，还左右闪动着眼珠让我分辨真伪。

他每次编谎话都很严肃，总让我信以为真。实际，他都是与我逗乐。

“家中有个女人就是不一样。”他又经常感叹。

平时，林一尘除了热爱跑步和踢球外，还请私人教练指导他锻炼出身体各个部位的肌肉。

有一次，爱得不行，我贴在他的胸前，他双手抄到我身后，他捧起我的臀部，很惊讶地说：“你不爱锻炼，臀肌也这么好。”

“与你在一起，就是锻炼。”我俏皮地笑着说。

林一尘去锻炼时，我买菜给他做饭。由于一段未完成的心愿——当初暗恋隔壁班那男生时特别想为他做一次我父亲最拿手的红烧肉——这回，我仔细回忆父亲做菜的步骤，在林一尘屋子的厨房里，给他做这盘菜。

窗外依然密集地飘着小雪，锅里的红烧肉逐渐漫出香味，厨房内热气腾腾。

林一尘锻炼完回来时，我的饭菜还没做好，我着急地赶紧把厨房门关严，不让他进去，把买来的香蕉、草莓和切好的火龙果装在盘子里递给林一尘，打发他先吃。

林一尘端盘子去房间看电视，欣喜地说："待遇这么好。"

林一尘居然喜欢看好几个频道的相亲节目，看完一个，又转到另一个。

我慌里慌张加快做菜的速度。

吃饭时，他对红烧肉和蘑菇鸡蛋汤赞不绝口。他更喜欢吃我做的腊肉青蒜炒香干，他说："你怎么知道我喜欢吃腊肉炒青蒜？"

"我并不知道，但这是我特别喜欢的。"没想到他的口味与我一样。这使我惊喜。

跟林一尘每吃一次饭，我都像回到了过去，回到了父母身边，回到温暖的老家。

林一尘照镜子时，我会踮起脚像找虱子那样，帮他把头上变了颜色的头发拔除——拔头发时，他很听话地把头侧过来。林一尘的头发很柔软，发中的汗味也很好闻，有股淡淡的清香。

与林一尘做爱前，或者做爱后，躺在床上，我们喜欢手握着手。他的手指很细、很直，很漂亮（手背上飘着三五根长长的汗毛）。最关键的是我拉着他的手，内心感觉踏实——从未有过的宁静。

林一尘的身体很完美，极少见的完美——也是我见过最干净、最完美的身体。

当然，我跟林一尘每一次做爱都能够达到高潮，我们总是大汗淋漓。

一个多月里，每个周末我几乎都跟林一尘日夜腻在一起。与林一尘在床上时，他的情欲总是在无动于衷的压抑中凶猛爆发。我们在一起十多次，每次我都有灵与肉紧密结合的感受。但另外一点我依稀觉得，之前，林一尘应该有正常和规律的性生活，虽然每次开始时，他的情欲表达有点儿压抑。

“与我在一起了，千万别跟别的姑娘好。”我叮嘱林一尘，“情感上，我有点儿洁癖。”我强调说，“不过，爱我的同时，假如你又喜欢上别的姑娘了，你一定要告诉我，我会主动离开。”我又对林一尘反复叮嘱。

我大包、小包地把我喜欢吃的、喝的全都带到林一尘那儿，还将自己珍藏的一套蚕丝被带过去，说要跟他一起分享新棉被的柔软。

林一尘见状，说他自己有新的被褥。他赶紧从衣橱里把他自己珍藏的几套新被单、被套全部拿出来，换下床上睡了多年的旧被套——那床起初对我极有诱惑力的被单、被套。

林一尘睡下去时，很安静，呼吸均匀。他睡觉时，习惯平躺，双腿伸直，双手放置在胸前，我告诉他那样会影响呼吸，又压迫心脏，熟睡后容易做梦。林一尘不容易改掉习惯，但我能感觉出他的每次睡眠都是无梦的。有几回我半夜醒来，看着他熟睡的样子，突发奇想，假如他一觉不醒，我也情愿趴在他身边陪他永远睡下去。

清晨离开前，我都要轻轻地吻一遍林一尘的唇、胡子、鼻尖、额头和他沉睡着的眼皮。

有时候，门外阳光很好；有时候，天色阴沉；有时候，有些冷风；有时候，还会飘几滴雨。

不知不觉，离开的清晨，春天就来了。

# 第二十章　总担心一松手，你就溜了

在我企图想把我与林一尘相处的美好时刻原原本本写出来时，我却发现很多情节已不成事实，尤其在时间上，产生了诸多混乱。我怀疑很多情景似乎都只是我的一厢情愿。譬如其中一个周末，与林一尘吃完饭，他建议一起去蓝色港湾逛逛街，他说那里有很多品牌店。

我们把车停在地下停车场，他挑选了几家服饰店领我去逛。

林一尘很注重形象，他逐个去试外套、围巾和皮鞋，尤其到了一家葡萄牙品牌店里，针对一双皮鞋，他在镜前反复试穿，能看出他很喜欢。

我坐在一旁看他试穿。

大约半个小时后，林一尘摸出皮夹翻了翻，又合上塞进了口袋。他把鞋子装进鞋盒里递给营业员，准备离开。我见状，猜想林一尘可能钱没带够，赶紧折转身去柜台划信用卡付钱。另外，我还把林一尘刚试过的一条比较满意的围巾也一同买下。

对于我的大方，林一尘很感激。

为了感谢我，他邀请我看电影。

在蓝色港湾时代传奇影院里，他买了VIP室包厢票。VIP室里人不多，除去我跟林一尘还有另外一对情侣。我与他选最后、最高的两个位子坐下。座位是可以自动调节成床的软皮沙发。我们躺下来，我向服务生要了两床毛毯和两杯菊花茶。

电影播放的是徐静蕾和李亚鹏主演的《将爱情进行到底》，那段时间没有其他更好看的影片。

看电影时，林一尘有点儿小心翼翼，在一些引人发笑的情景出现时，他依然微抿双唇，不敢大声笑出来。有时候，他会用左手的两根手指捂住嘴唇——后来发现，这好像是他的习惯动作。

影片中播放，为了得到一盒安全套，徐静蕾身穿红裙，用脚猛踹吞了钱币的自动售货机时，我忍不住“哈哈”笑出声。林一尘受感染，也笑出声来。我与林一尘相视一笑，我紧紧地抓住了他的手，握住不放。当时，我突然担心一松手，他就溜了。

记得林一尘说过，之前他谈过两次深刻的恋爱：一是与大学时的同学林珊，断断续续谈了七八年，最终分了手；二是与王小鹤，她去法国留学六七年。

“两段感情就耗费了我十五年，人的一生能有几个十五年，是吧？”林一尘站在房间的电视机前，无限感慨地跟我说。

“谈那么久为何没想到结婚？”

“与小鹤谈过结婚，但她没同意。”林一尘说，“她一直在法国留学。”

“哦，那就算了。婚姻需要缘分。”我说，“林珊现在过得怎么样？后来，你打听过她吗？”

“她过得很好，我们十几年没联系了。几年前，有一回去她生活和工作的城市与一些朋友相聚，也叫了她，结果她没来。不过，年前她说最近她会来一趟北京。”

“你们准备见面吗？”我问林一尘。

“不知道呢。”

看完影片，回家的路上，我跟林一尘说：“无论怎样，你还是要跟林珊再见一下，叙叙旧。很多美好的情感深藏心底会一直成为遗憾，发酵了更让人难受，真正坦诚相见了，也不过如此。如此一来，消除隔阂，倒可以得到更真挚的友情。”

我把自己的想法说给林一尘听。

林一尘走下车，与我分别，他轻轻在我脸颊上感激地吻了一下。

第二天，妈妈给我打来电话，急迫地告诉我她听说吴桑不久前新交了一个女朋友。她说吴桑又从我们医院谈了一个女孩。接着，妈妈仔细向我描述了那个女孩儿的外貌以及各种情况。我有点儿不耐烦，认为吴桑早已跟我没任何关系了，但妈妈的语气里，能感觉出她非常失落和遗憾，甚至对我充满了埋怨，我感觉她倒是有点儿为吴桑找到了条件比我更加优异的女孩儿，而炫耀和骄傲的意味。

“我与他早已分手，这么久了，他有了好的情感归宿，我们应当祝福他。”我在电话里对妈妈说。

“好吧。我们家人根本不配他。”妈妈竟如此说，刺激我。

“您怎么这么说？”我有点儿生气了。

“吴桑稳重、踏实，多好的一个人！”妈妈可惜地说。

“将来，你会后悔的。”妈妈又说，“我先把话搁在这儿。”妈妈继续唠叨着，“我们家人都是贱种，不安分，偏要在外面碰得头破血流！”

我实在听不下去了，按掉了妈妈的电话。过了一会儿，妈妈电话又打了过来。“不管怎么样，你一人在外，万事小心，一定要好好照顾自己。”

她好像在电话那头哭了，哭腔极度难听。

被妈妈莫名数落了一通，我心里十分难受，再次与林一尘见面时，我把我与吴桑的事说给林一尘听。我觉得我应该向林一尘坦白我过往的情感经历，因为，我已完全信任他，既然信任他，就应该彼此毫无隐瞒。

“分手了，彼此都要过得更好。”林一尘说。

我很受鼓舞，不住地点头。继而，我又把我与贾加的事说给林一尘听。

“是与刘志勇合作做书的那个贾加吗？”林一尘停下手里的活儿

问我。

“与刘志勇合作？”听到这个消息，我吃了一惊。

“刘志勇跟我一起来北京，三年前自己出去成立公司做图书出版，跟一个叫贾加的人合伙。”林一尘说。他把贾加的长相详细描述了一遍。

“是的，贾加是这模样。”我确信地点点头。

林一尘的描述里完全就是贾加。由于五年来，我与贾加完全断了联系，我并不知道他早已离开原来的单位自己出来与人合作做公司。

我很想知道贾加更多的消息，但林一尘说，他与他并不太熟，见过几次面，没更多接触，更无交流。

时隔这么久，第一次听到久违的贾加的这点儿信息，内心竟还是无法平静。我辨别不清是爱，还是怨恨。总之，对于贾加的实际近况，我渴盼了解得更多。

既然贾加跟刘志勇在一起，那么刘志勇肯定完全了解贾加的近况。自从肖梅来北京时，我有了刘志勇的联系方式，后来还单独与他相约吃了几回饭，刘志勇丝毫没透露过他与贾加合作的事。我想，这时候向他打听贾加定是徒劳。思考再三，几日后，我决定去单向街，寻觅贾加的足迹。

到了单向街，发现书店里杂乱不堪。两个女孩儿正忙碌着整理书籍，我认出她们是店员。我向她们询问这是怎么一回事。

“我们要搬离这条幽深的小径了。”其中一个女孩儿说。

“为什么？”没人回答我，“单向街不存在了吗？”我继续询问，感到惋惜。

两个女孩儿站起身子相互看了看。“不，单向街精神继续，只不过挪个地儿。”另一个女孩儿说。

“搬去哪里？”

“蓝色港湾，知道那里吗？”

“知道啊，多吵闹的一个地儿。单向街怎么能去那里呢？”我感到迷惑。

“首要得生存啊。”女孩儿继续忙着手里的活儿，无奈地说。

逐渐，我才知道原来由于地理位置偏远，近一年来，这里几乎无人光顾。年轻人们纷纷为了谋取工作而去忙碌了，这里成了名副其实的“寂寞的幽深小径”。

我向店员打听贾加的消息，店员打开电脑，从购书记录里翻找。

“不知道他人来过没有，反正最近没买过书，他的购书记录还是两年前的。”店员说。

根据林一尘提供给我的刘志勇的图书公司名称，店员帮我在书目里查找，没有找到公司的任何出版物，只找到一本以贾加名字为作者的书。店员协助我找出那本书，我翻开来看，依然是贾加的语气和探讨问题的方式。

这是一本有关揭秘历史真相的书。

“这书卖得怎么样？”我问店员。

“很差，根本卖不动。”她说。

“已放一年多，一本没卖。”另一个女孩儿接过话头儿说。

我在心里替贾加感到悲伤和难过，写这本书时，贾加一定不会想到，如今，历史根本已无真相，娱乐已成根本。

“单向街搬离这儿，我感觉挺遗憾的。”我对其中一女孩儿说。

“我们还算好吧，至少还存活着，第三极可叫惨了。”她说。

我很吃惊，不知道第三极发生了什么事。

“倒了呗。”她漫不经心地说，“过几天就彻底撤离中关村了。”

听此消息，我很愕然。我想到当初看到一群身穿印有“第三极”字样 T 恤衫的女孩儿们朝气蓬勃地从我身旁经过时，我仰慕不已的情景，还有那么多个周末，我埋身书店角落的下午。无限感慨。

离开单向街后，我想去第三极转转，但最终还是放弃了。对于自己热衷的东西，我厌倦极了告别，我情愿把美好的回忆，继续留存在记忆和想象里。

几天后再次见到林一尘，我把两家书店经营的情况说给他听，又把我知道的贾加的消息告诉了他。林一尘从洗澡间里出来，他下身围着浴巾，手举电吹风吹着头发，听我说完书店的事后，他沉默不语。当我说完贾加时，我见林一尘的表情慢慢变得十分严肃起来。

我赶紧收住话头，不再继续说了。

我改换话题告诉林一尘，一周后我要出差去上海，其间可能要回一趟钢城，并将出差事由简单地告诉给林一尘。

# 第二十一章　床头柜里无缘无故消失了三只安全套

回到钢城，白天下午，我收到林一尘发来的短信：钢城的春天怎么样？

我回复他：钢城的春天像一位正在热恋的女子，我想以此来暗示我自己。

林一尘回复：比喻不妥。

我又给林一尘回短信：钢城的春天，热情似火，阳光明媚，万物吐新，泥土都散发出清香，你说应当如何描述这样美好的春色？

林一尘回复：这样描写还不错。

第二晚，我给林一尘打电话，无人接听。深夜，林一尘给我发来短信说，手机丢在车里了。

第三晚，我又给林一尘打电话，电话那头，林一尘屋里有女人的说话声，我很担心。林一尘短信说，有朋友来家做客。

第四晚，我又给林一尘打电话，电话又是无人接听。

第五晚，我依然给林一尘打电话，林一尘回复说“忙，别一个劲儿地打电话”。

一种本能的感觉提醒我，事情似乎有点儿蹊跷。我开始想从网络方面查询林一尘这几天都在忙些什么。出乎意料，由此，我竟一步步揭开林一尘温和、亲切背后的隐秘生活。

芳菲儿，资料里说她是一个新加坡女孩儿，二十岁，长相清瘦、甜美，两天前的网络日记里，她这样写道：昨夜受林一尘相邀去他家做客，两人各炒一个拿手小菜，喝咖啡和波尔多葡萄酒及甘蔗酿的朗姆酒，听林一尘宝贝音响里播放的Edith Piaf的歌，再喝茶听古琴老八章……音乐比酒更醉人。除此之外，她还将林一尘的碟片以及咖啡杯、写字桌都拍了下来在微博上晒。这些都是我前几日一直享用的。

看到这样的日记，我心中突感一股闷堵。

第二天，我买了火车票深夜急急赶回。

林一尘收留我，他微笑还如以往。他在我面前转动着身体说：“看，这几天我一直穿着你买的鞋子，系着你买的围巾。”

他说这话时，伸长了脖子，转动着脑袋像个孩子。

我原本阴郁的心情，这时候松弛了下来。

“犒劳你，旅途劳累，特意给你烹饪的海鲜。”

我临走前丢给林一尘两张单位发的水产兑换券，在我回来时，林一尘已把海鲜兑换了回来。

林一尘的手艺确实不错，他在鳗鱼块上放上蒜、红剁椒、豆豉及盐等佐料端到蒸锅上蒸。鱼嫩而鲜美，他又蒸了几只对虾和海贝壳。

林一尘倒了两杯葡萄酒。这时，看到葡萄酒，我心里却有点儿不是滋味。我不免会联想到那个新加坡女孩儿，但我还不想破坏我与林一尘小别后的相聚气氛。

吃完饭后，我刷锅碗，林一尘照旧煮咖啡。

“看，别人刚送的，台湾地区最好的咖啡。”他边煮边说。

“哦。真香。”我说。

其实我更想说的是我已从别人的网络日记里知道了。

洗完澡后，林一尘播放音乐，我们开始做爱。这次做爱跟以往不同，我顷刻没有了之前的兴奋，我打开床头柜找安全套，早早要求林一尘带上。是的，在这方面我有严重的洁癖，我总避免再次接触与我发生关系之后与别的女人也上床的男人。

做完爱冲完澡后躺在床上，我们用枕头支起后背在台灯下看书。

“芳菲儿是谁？”我假装随意地问林一尘。

林一尘愣了愣，没说话。

“你很多朋友好像都认识她？”我又说。

“不清楚，我不认识她。”林一尘说。

我内心十分吃惊，同时又凉了半截，但我一直没告诉林一尘，我已看到芳菲儿写的日记了。

第二天清晨醒来，林一尘还在睡梦里，我实在忍不住，本能使然，我打开抽屉开始数安全套。不数还好，一数，我大吃一惊，浑身冒冷汗。出差前一周我刚拆了一盒 12 只装的安全套，拆开当晚我们使用了一只，昨天晚上使用了一只，那么理应还剩下十只，但我翻遍了抽屉的里外，只找出了七只。

少了三只安全套!

我想把林一尘唤醒，但看着他熟睡的样子，理智告诉我，冷静！冷静！先冷静下来再说。

接下来几日，我没联系林一尘，奇怪的是林一尘也没联系我。

两周就这样过去了，林一尘依然没有联系我。

公司又派我出差杭州，我终于忍不住发短信把出差消息告诉给林一尘。林一尘回复说最近他也忙，让我先忙自己的。我问“他回来时，你还会收留我吗”，林一尘回复“再说”。

过了会儿，林一尘又来短信说“可以”。

开始我很失落，看到后一条短信，内心多少还是很欣喜，对于之前的疑惑，我谴责起自己，我嘱咐自己应该相信林一尘，相信我们的爱情。

出差途中，我还是忍不住从网络中继续搜索林一尘的信息。微博里有熟人说，林一尘结识的女孩儿足足可以组成几个模特队。还有很多张不同的漂亮女孩儿与林一尘一起吃饭的照片，虽然是很多人的餐会，但她们就坐在林一尘身边，安静地仰慕地注视着林一尘——我也这样仰慕地注视过他。她们坐在林一尘身旁，认真地倾听他与别人交谈，其中有一张就是他与那个新加坡女孩儿。

我在房间里坐卧不宁。

我起身走出宾馆，时间已是四月，屋外阳光明媚，我打上出租车，吩咐司机带我去一个环境优美，适合散心的地方。

“去西湖吧。”司机说。

我觉得司机的主意不错，就同意去西湖。

走上断桥，已发新芽的垂柳、湖水、行人，以及远处湖心流动的小舟在视野中呈现开来，格外明亮。我的心情果然好了很多。

我自我安慰，调整心情，掏出相机四处拍照。瞅准了好的风景，我拦住身边的游客请他们帮我与身后的景色合影。其间，有个高个子小男孩儿很乐意，他手里也捧着个很有分量的单反相机，绳索挂在脖子上。

“你一个人来玩？”他问我。

“是的，我是一个人出差，所以……只能请人帮忙拍照了。”

“这么巧，我也是一个人出差。”他说。

“我是北京来的，你呢？”

“我也从北京来。”

“真的啊！”

听说他也是从北京来杭州的，我很高兴。

“我在朝阳区，三里屯附近，你呢？”

“我在西坝河，听说过吗？”他说。

“知道啊。早期，我在那里生活过两年。”我心中暗惊，这使我对他多了一份亲切感。

我与他找个长椅坐下来，有一句没一句地聊起天来。

边聊他边帮我拍照，我欢快地摆出各种姿势。之后，我也帮他拍照。

“姐姐，”他说，“我能叫你姐姐吧。”

“当然了。你看上去也不过二十岁出头？”

我重新审视了一下他，他身高大约一米七六左右，不胖不瘦，五官英俊、漂亮，有点儿似韩国影视明星。不足的是，上嘴唇两角的绒毛胡须显示出他仍然有点儿乳臭未干。

“我二十二岁，”他说，“姐姐，你现在住哪儿啊？”

“我还没入住呢，行李丢在客户那儿。”

我还是有点儿戒备，不想让他知道得太多。

“要不，你也住我那家酒店吧，就在附近，汉庭。”他力邀我。

经他这么一说，我内心有股说不清的冲动。

我又一次仔细端详他，他竟朝我投来火热而又极度渴盼的目光，双眼皮十分漂亮。我内心忐忑不安，难不成他想有个“断桥遗梦”？我胡乱猜想着。

想到这儿，我不免拘谨和紧张起来，同时又有点儿难为情，但片刻之后，一股强烈报复的欲望和快感立刻从我内心滋生出来。

我开始朝男孩儿慢慢走近。

“你那房间多少钱一晚？虽然是出差，但这次来杭州完全属个人行为，住宿不报销。所以，这也是我现在一直没找酒店的原因。”我愁虑地说。

“姐姐如果不介意，我开的是标准间，还有一张床空着，你可以睡那儿，这样一来，晚上我有个说话的伴儿，姐姐也可以省下住宿费。我的住宿是可以报销的，我刚工作半年，老同事们说我年轻，适合出差。”男孩儿说。

说完，他双眼依然火辣辣地看着我，并且富有挑逗意味，期待我不要拒绝他。

我故意作了很长时间的犹豫，最后装作也许可行地接受了。

男孩儿在一张纸上给我留下了他所住酒店的地址，再互相拍了几张照后，我们留下彼此的电话号码，匆匆挥别。

等我回到酒店，男孩儿不停地给我发来催促的短信，问我能不能找到他说的酒店？又问我现在到了哪里？

我简单收拾了几件行李，就叫了一辆出租车奔他的酒店而去。

男孩儿确实很稚嫩，我们坐在他房间里喝茶聊天。

他说，他是老北京人，父母都是下岗职工。一年前，他谈了一个女朋友，外地人，他觉得挺好，但家人不同意，尤其是姥姥和姥爷。后来，他又谈了一个北京女孩儿，对方家人又不同意他们交往，说除非他能在四环内购买起新房，即使二环内有老房子，也没啥用，又低、又矮、又阴暗，还不知要等到哪辈子才能被拆迁，等等。

他不停地当我是个倾听者，我坐在沙发上，不断地打哈欠。

我很想也能跟他谈点儿什么，但我一直很难插得上嘴。

“姐姐，你说现在的女孩儿为什么都这么现实？还没谈恋爱，还没怎么着，一开口就问，你家有房、有车吗？

“我们都还这么小，谁有能力买房子、买车？即使有，那也是父母的钱，跟我们有什么关系？跟我们个人能力有什么关系？就不能看看未来吗？

“就不能先正儿八经谈几年纯洁的恋爱吗？

“姐姐，你说现在的女孩儿们，这都是怎么了？”

……

连续出差几日，整个白天，我都在西湖边步行转悠，此刻，又千里迢迢赶到他这儿来，很显然，我已经很累、很累了。

我把双腿蜷进椅子，连续打着哈欠，困倦得眼泪也不停地往外流，可我又不好意思打断他。

原本热情澎湃地赶来，总认为会有什么意外惊喜和意外收获，最终得到的却是愈加的疲惫不堪。

好不容易等他说完，等他说累，等他什么都不再想说了。我站起身，向他提出告辞。他很吃惊，以为我真的能跟他拼一屋，待一夜。我想，这样下去，我一定会直到被他拖死。

我翻看手机，借口说，客户来短信，说他那里正好有住处。

他百般挽留，我还是逃回了自己的酒店。临走时，我告诉他：“你，还需要慢慢学会长大。”

第二天，我坐了晚上的飞机，夜里十一点多才回到北京。我强烈地想回到林一尘身边，他依旧收留了我。

推开门，林一尘躺在床上，屋子里只开了床头的台灯，四周都是暗的，他躺在床上，在台灯下看书。

他在灯下看书的这一幕很美，宁静、投入、安闲——日后，每当我想到林一尘，总是从这一幕开始。

“亲爱的，我回来了。”我探进脑袋朝林一尘微笑。

“欢迎归来。”他每次都这么彬彬有礼。

我放下行李去洗澡。洗完后换上睡衣躺进了被窝，他放下手里的书也睡了下来。

多日不见，林一尘兴致很高。他伸手过来抱我，压在我身上，直接想进入。不知是昨夜我有着与那男孩儿的想入非非，还是因为旅途实在太劳累，又被那男孩儿莫名其妙地拖了个大半夜，我的身体怎么也兴奋不起来，或许是因我内心对林一尘还是有一些芥蒂吧——我时不时会想起那个年轻漂亮的新加坡女孩儿。

林一尘反反复复做了很多次努力，始终进入不了。

他的动作越来越粗暴。

“抱歉，连夜赶路，我有点儿累。”我向林一尘解释说。

“别碰我！”林一尘气恼地说。

“我一腔怒火。”他将身体转到另一侧。

我没再碰林一尘。我在他身边背过身，蜷缩起身子躺了下来。

一夜无梦。

第二天我与林一尘睡到中午才醒来。

林一尘直接要求做爱，经过一夜休息，我的身体已基本恢复了原样，他很轻易就进入了。

“爱你。”做爱的过程中，林一尘从牙缝里挤出这两个字。

“你说什么？”我靠近他耳边不敢相信地问他。

“爱你。”林一尘又说。

我停下来，俯在林一尘耳边说：“你说，你爱我了。”

然后我们更加热烈、投入地爱起来。

“刚才你说你爱我了，知道吗？”冲完澡后，我趴在林一尘的胸口轻轻告诉他。

自然，我催促自己立马把前夜臆想中的“断桥遗梦”尽快遗忘，只当成一个好笑的念头。我也劝自己尽快忘记那个新加坡女孩儿。

# 第二十二章　贾加离开北京了，新爱情也成了一个谜

空闲时，我还是有意无意会想起那三只消失的安全套，同时又逐渐感觉林一尘对我慢慢在冷淡。

一日，林一尘给我发来短信说他要回蝉城几日。我说去送他。林一尘说不用，有人送。我没再要求，但心里感觉很不舒服。

林一尘去蝉城那几天，我忍不住打开那个新加坡女孩儿的网络日记又观看，发现她与我的几个朋友也很熟，我决定去他们那儿了解一下这个女孩儿。一个朋友说，他与她谈过一年恋爱，后来发现她不只他一个男朋友，最后就算了。

“她喜欢跟老男人们玩，她与林一尘、某某某都很熟。”这朋友又补充说。

听到这儿，一股说不出的味道漫上心头。

两日后，我有点儿想林一尘，就给他打了电话。他说正在忙。

一会儿，我再给他打电话，他还说忙。过了两个小时，我又给他打过去，他在电话那头直接冲我骂了起来。

被林一尘这么一骂，我心中的气更不打一处来，我不自觉地联想到我的那个“断桥遗梦”，我开始愤怒地给林一尘发短信。我把我发现他将那个新加坡女孩儿深夜带回家约会，以及床头柜里少了三只安全套的事，全部说了出来。

林一尘没回短信。

他何时回到北京也没主动告诉我。我们足足一个月没再见面，但我心中一直埋着一块疙瘩，还不可否认的是，我想念林一尘。很想很想。我回想跟林一尘在一起的朝朝暮暮的美好瞬间，还有和他宁静地在床头灯下看书的样子。想起这些时，我愈发觉得其实我对林一尘知道的仅仅是这些，我根本不完全了解他，尤其是我提到那个新加坡女孩儿时，林一尘的紧张。

另外还有一点，林一尘法语说得很好，在与林一尘交往两个月后，我偷偷去报了一个法语学习班，我想先悄悄学会，将来给林一尘一个惊喜。而如今，我突然觉得这个决定完全失去了意义。自从看到新加坡女孩儿的日记后，有两个周末，我没去上课了。

我仔细考虑后，决定给刘志勇打个电话。

“刘志勇，你能跟我简单说说林一尘吗？我不想瞒你，最近我与林一尘在交往。”

我想既然刘志勇跟随林一尘来的北京，那么距离最近、最熟悉林一尘的人，非他莫属了。

“听说你与林一尘在交往，乍听，我很惊讶。”刘志勇说，“你是知道的，我们蝉城人都很聪明。在我眼中，林一尘是个很冷静、理性、生活严谨的人。对于他的私生活，以及与女孩子如何相处和交往的，我确实不太清楚，我跟他的相处都是以男人与男人之间的方式。”刘志勇在电话那头又说，“不过，如今你能跟林一尘走到一起，表示惊讶的同时，我又感到非常高兴，毕竟你与贾加分手这么久了，我们一直都为你担心。”

在我向刘志勇打听林一尘时，刘志勇才终于提起了贾加。

“另外，我还想告诉你，三个月前，贾加已经回老家了。”刘志勇继续说。

“你的意思是……”我也很吃惊。

“是的，目前他离开北京了。”

“他有没有说什么……”我问刘志勇。

“没说什么，对于贾加的性格，你应该比我们更清楚。”刘志勇说。

“他一定说过什么，你再想想。”

“贾加悲观意识那么强烈，能说什么呢？最多说，现在，做什么都是没有希望的，是吧？”

他在电话那头打趣似的哈哈笑起来。

我能想象出贾加会说这样的话。

“那他那么多的书……”

“都邮递回去了。听说花了五千多元邮寄费。”

刘志勇在电话那头接着说：“现今，你能放下贾加这个情感包袱，跟林一尘谈恋爱，作为朋友，我真的感到高兴。但因为是朋友，我只想劝告你一句，林一尘是男人，不管将来你们之间发生了什么事，你一定要给对方台阶下。”

刘志勇的这番话，听得我很惶惑，我坐在椅子上反复推敲。听他说贾加回了老家，此刻，我似乎一点儿都不再关心，我想了解和企图知道更多的是林一尘。刘志勇说，不管将来你们之间发生了什么。能发生什么呢？我愈加纳闷。

凭刘志勇的性格，我知道关于林一尘，他只会与我说这么多，若想知道更多，我必须选择别的途径。

我把我与林一尘交往的事又告诉给另外一个女孩儿，她在林一尘的圈子里混了很久，我估计她会了解他一些，另外这个女孩儿最近恋上了我的一位好朋友。

“啊？林一尘呐！我没与他直接接触过。不过，我从别人那听说过关于他的一些事，林一尘很会谈恋爱，他一般喜欢跟诸多二十一二岁的小女生交往，在恋爱中，他会制造出很多浪漫的气氛和情调，譬如葡萄酒、咖啡、音乐、烛光晚餐等，但他跟这些女孩儿最多相处一两个月，绝对不会超过两个月，因为林一尘有一个固定带出来见朋友的女友，好像在法国留学。如果你信任我，我劝你，还是离他越远越好。”

她毫不隐讳地告诉我这些。

我听了十分惊讶，简直跌坐在了地板上。

我不由自主又想到了那个新加坡女孩儿。我又开始回忆跟林一尘相处的每一分、每一秒，虽然场景都如她刚才所描述的那样，但我与林一尘相处的过程中，他的每一个眼神、每一句话语都不是刻意就能假装出来的。

不行，我要问林一尘，可我又觉得不合适，林一尘仅仅是我的恋人，我有什么资格去要求他呢？我唯一能做的……对，给林一尘写信。我要告诉他，我爱他，我有多么爱他。告诉他，我爱他，他应该会向我袒露心扉——我想到上回我们在床上时，林一尘说了，他爱我。

我开始给林一尘写信，把自从与他再次相见，以及相处的每一个美好的瞬间和激动人心的时刻全部写出来，足足写了三张 A4 纸。在信的最后，还附上一首情意绵绵的小诗。这封信足够展现我所有的抒情才华。

我又想到，既然林一尘喜欢浪漫，我一定要比他更加浪漫，这样才能够起到迎合他的作用。

屋外，四月份的天空格外晴朗，空气中多多少少弥漫着一些清新的花草香。我从办公室的窗口看到对面马路边，不知什么时候开始悄悄增添了很多玫瑰花。我暗喜，等不及下班，我就匆匆离开公司，跑到对面的马路边，摘下了几枝玫瑰花枝。

我捧着玫瑰花枝回到家，途中双手的拇指和食指都被花刺扎出了血。我把手指轮流放入嘴里舔舐，并不住地哈哈气。

回家后，我把玫瑰花枝放在桌面上，迫不及待地从书架上抽出两本比较厚的书，把玫瑰花瓣摘下来，一片一片压进书页里。放完后，我把书垫到屁股下，重重地坐上去。我想把花瓣尽量压平，让书页尽快吸干花瓣中的水分。

第二天清晨，洗脸之前，我先去翻开书页看那些玫瑰花瓣，花瓣都已变平，有的周边变成了暗黑色，鲜嫩一些的花瓣由嫩红变成了暗暗的红褐色。我轻轻地碰它们，玫瑰花瓣都还没完全变脆，薄薄的，闻得见花香。

我把花瓣平铺在一张白纸上，在花叶上喷上香水，不等香水散发就装进了信封里。信封里是我写给林一尘的信，它安静地躺在那里。

整整一天，我都心绪不宁。

好不容易等到下班，我把信揣进包里开车赶到林一尘的办公楼。到了他楼下，我把信掏出来闻了闻，香水味已经变淡。我把信重新又读了一遍，拿出香水朝信封里的玫瑰花瓣上又喷上一遍。

我走近林一尘的办公室。

林一尘办公室大门关着，我走过去，贴近耳朵听，里面有几个人在说话，我赶紧离开了。

我想等只剩林一尘一个人在时，把信交给他。

我来来回回在过道和楼梯处，上上下下走了四趟，终于看见林一尘从办公室里走出来。看他走路的方向是准备去对面的办公区。

林一尘瘦高的个子，迈出的步子很大，速度很快。林一尘看到我，露出紧张和惊讶的神情，我也被他弄得胆战心惊。我把信封递到林一尘手里说："给你的。"然后匆匆就离开了。

我猜想林一尘一定会回复我什么，但一直没有。

我故意不主动联系他，大半个月过去了，林一尘依然没任何动静。我决定给林一尘写第二封信，一是向他道歉，关于我认为他与那新加坡女孩儿的事；二是告诉他，经过这么长时间不联系，我确实很想念他。

林一尘依然没有动静。我确认，我跟他可能完蛋了。想到这儿，我忍不住给他写了第三封信，是一封分手信。我告诉他，我要先提出与他分手。我说出了我从其他朋友那了解到的他，另外，我还告诉他，我爱他，但我的爱与他是无关的，如今，这份爱，我留给自己不给他了。

把第三份信交给林一尘时，我冲进他办公室，坐在林一尘对面，气喘吁吁。我格外郑重地告诉他："知道我有多想你吗？"

林一尘坐在那不说话。

"我给你写了无数封信，几乎每天一封。想让我写多少，你才会回复我？"

“写信是你自己的事，想写也是你自己的事。”我没想到林一尘竟如此冷漠地说。

我惊讶地坐在那儿，说不出话来。

“想写时，好好写就是了。”林一尘见状又安慰我说，“把信留在这儿，你走吧。”冷了半天，林一尘又说。

过了会儿，有人找林一尘，想想他还在工作时间，于是，我离开了。

对于林一尘近来的种种表现，我越来越深感不解。第一，如果他真的爱我，我的信不会让他无动于衷，依照之前我们相处的方式，不管是真是假，他都会发短信赞扬一下我的才华；第二，如果他不爱我，那么他为什么还要我好好写，并且每次都乐意收下我的信？第三，针对新加坡女孩儿的事，我已多次向他道歉，有了爱意才有忌妒，林一尘如此聪明的人，难道他根本不懂这些？第四，如果他确实不爱我，那么完全可以直接告诉我，我让他给我一个离开的理由，他始终不给。

众多推理和猜测证明，林一尘对我是有爱意的。那么，是什么让林一尘近来对我如此冷淡呢？

我揣摩肯定有其他他不想说的缘由。

一股倔强的企图揭开谜底的冲动劲头强烈地鼓励、怂恿着我。

# 第二十三章　争吵，也许是爱情的另一种方式

自从我向林一尘短信明说了消失的那三只安全套后，林一尘不再理睬我的迹象越来越明显。我从开始的写信，白天去他办公室见他，逐渐到晚上也想不断地去找他。由于他一直以来的沉默，慢慢地，我们演变成了电话中互相指责和见面时不停的吵闹。直到最后，我们商定立了一个协定：只允许每晚十点半左右我给他打电话，因为其他时刻他说他都在忙工作。

每当我给林一尘打电话时，他都会接听，但我要求见他时，林一尘一直回避不见。

尤其是到了八月初，我拿到了自己这栋房子的钥匙。

接到收房通知后，我独自去建材城购买各项装修材料，与建材城的商户讨价还价，又跟工人谈价格，以及建议如何进行装修。完了，去各个商场购买家电、家具、家装用品配置房间。

我每进行一步，都要发短信给林一尘，告诉他进程。

夜晚，我时常坐在这个八角阳台上，构想怎样邀请林一尘来家做客，与他共度温馨、浪漫的夜晚。我想，我也可以播放各种音乐，也给卧室和客厅点上香味缭绕的各种蜡烛。

我们也可以在酒柜前喝葡萄酒，也可以煮咖啡，也可以在书房里读书、写字，更可以躺在这个八角阳台上慵懒地晒太阳。

我把一切都想象得很温馨、很美好，只等着林一尘的出现。

彻底装修好的第二个周六。我在屋子里转悠了很长时间，算算，我跟林一尘差不多两个多月没见面了。于是，中午过后，我决定直接去找林一尘。

到了林一尘所住小区，停好车后，我上楼。这次，长时间未见，我不知见面情景会是什么样的。

到了门口后，紧张的情绪提醒我得先听听林一尘在不在家，或者起床了没？

每逢周末，林一尘都是将近下午一点钟才起床。起床后，他首要做的是洗脸和洗澡，然后拖地。林一尘使用的是一把长方形的简易拖把，每拖地时，拖把骨架都会发出“吧嗒、吧嗒”触地的声响。

我单耳贴近门板，倾听屋内有无动静。屋内如果有水流声和拖把触地声，证明林一尘已经起床了。

我听了一会儿，屋子里没任何声响。再过了一会儿，我终于听见林一尘穿着拖鞋走路的声音。

“你不要总是这样。”我听见林一尘在屋子里说，“那又怎么样呢？”他又说，“你不要总是这样咄咄逼人。我已说过不为什么，我没有其他女人……”

听到这儿，我已根本听不下去了。怒火，对的，是怒火，在身体里立刻燃烧起来。我狠命地开始按动门铃。

林一尘居然不开门。

体内熊熊燃烧的怒火，使我不停地、连珠炮式地按门铃。

按了一会儿，林一尘终于打开了门，隔着防盗门，见到是我。他又把防盗门打开，将我一把拖了进去。

还没等我反应过来，林一尘一把将我扔到了床上。

我看林一尘的房间现在除了我和他，四周空空的。我反应过来了，刚才他可能是在打电话，但是打给谁呢?

我正襟危坐在床上，企图与林一尘好好谈一谈。

“说吧，林一尘，你爱过我没？”我问他。

林一尘不说话。

“假使你根本没爱过我，那么我们的相处仅仅只能定义为几十夜情。”我分析给林一尘听。

“你在侮辱我。”林一尘突然说。

“好吧，算你曾经爱过我。”我继续说，“既然我们相爱时那么甜蜜、轰轰烈烈，我认为分手也不要这么拖拖拉拉的。”

林一尘又不说话了。

“你为什么不说话？”

我有点儿气愤了。我不能容忍他一直留着这样的谜底让我猜。

“话说回来，如果你爱过我，那么后期为何要如此对待我？”我朝他嚷起来，“请告诉我原因！”

“没有原因。”林一尘从牙缝儿里挤着字说。

“那么，你给我一个让我离开你的理由吧。如果理由合理，我不会在这里多停留一秒钟。”

我站到林一尘面前表情异常严肃，双手比画着，肯定地告诉他。

“没有理由。”林一尘转过身说。

每当我逼到他跟前时，林一尘习惯性地采取回避状态。

“你不能这样，至少我们好过，甜蜜相处过，请你尊重我，给我一个台阶，让我离开得光彩一些。”

林一尘还是不理我，闭口不答。

一刻钟前，心中的怒火又被林一尘的刻意沉默开始点燃。

“好吧，我知道了，像我这样磊落光明的人不适合你。你只合适被那个新加坡女孩儿这样的女孩子们玩弄，做她们解开青春期烦恼的试验品和模具。”

我的状态由气愤又慢慢变成轻蔑和优哉。

我开始在屋子里甩着胳膊、踢着腿故作轻松。我不停劝自己，即使自己在这段情感里失败了，也要变得骄傲。

“你还在侮辱我。”

这时，林一尘冲到我面前来。他伸出双手左右开弓开始狂捏我的脸——实际上是腮部。他企图以这种方式制止那些难听的话语继续从那里流出来。

我站在原地一动不动，任性地等待他把我的面部扯红、抓破。任性使我想知道林一尘的愤怒极点在哪里。另外，我知道假使我还手，那么我们双方的愤怒必定会让彼此深受伤害。

我站着不动，根本不还手。这倔强地表明：一、我爱林一尘；二、我有无限大的忍耐限度。

“从蝉城聚会的那晚开始，我已感知你不是一个好男人。七年后，你依旧不是个好人。”我又开始气愤。

“我说得没错，自从上回你把芳菲儿带回家，就已经证明了我的判断。什么音乐、咖啡、红酒、烛光晚餐，什么每人炒两个拿手小菜，什么恬美的夜晚，音乐比酒更醉人……”

天！我又揭起了过往的伤疤。

林一尘抓得越凶，我越无所顾忌地说。他抓累了，我还是一动不动。

他停下不抓了，然后使出力气把我提起向床上扔去。

我觉得我应该有所反应了，看苗头，我知道林一尘准备全身动武了。我脱下鞋子，站起身，把裙角束到腰间，拉开四肢做出打架的姿势——如果你看到我当时的气势，像极李连杰扮演的太极祖师张三丰了——开始迎接林一尘伸长的手臂。

我与林一尘相互揪起头发、衣领。我甩起脚猛踢站在地上的林一尘的双腿，林一尘几乎打了好几个踉跄。我又瞅准空隙把林一尘的眼镜摘下，越过林一尘的脑袋，猛力“啪”地扔到了瓷砖地板上，眼镜片立刻碎成了几片。

“你放开！”林一尘怒气冲冲地命令我。

“你先放开！”我大叫。

“你放开！”

“你先放开！”

我置身林一尘身下，决不妥协。

“好，我放开。”

僵持了一会儿，林一尘妥协了。

“我放开，你也放开。”他说。

我放开了揪在手里的林一尘的头发和衣领。林一尘站直身体。在体力上，他占有优势，所以打到这个程度时，他已把我压在了他的身下。

林一尘蹲下身子把眼镜框拾起，又拾起破碎的镜片。

“别以为我会输给你。嗯？”

我站在床上向林一尘继续挑衅。

“你下来！”

林一尘举起胳膊朝我招了招手。一阵狂暴的拳脚发泄之后，他似乎很快平静了。

“不！”

“你下来，你下来，我们好好说。”林一尘手拿空空的眼镜框架，又招了招手，“你到底想怎么样？”林一尘语气开始变得柔和。我感觉他确实平静了。

“陪我去看房子。”

“不去。”

“不行。”我仰起头说。

“这几天，我哪里都不想去。”

“不想去，也得去，否则继续打架。”

我翘起下巴，又准备摆姿势，给林一尘下发最后通牒。

“世上少有你这么差劲的男人，对待女人如此凶残。你看看我的脸，你看看我的脸！”

当拳脚停下来时，我感觉到了脸部伤口的疼痛。

我抓起桌子上的一面镜子照着脸部，两侧腮帮和下颌都有指甲划过的忽长忽短的血痕，有几处渍出了血丝。

我的眼泪终于流了出来。

“好男人从来不会打女人！只有无用、无能的男人才会动手打女人，简直畜生不如！”我开始大哭，边哭边叫。

经我这一哭，林一尘好像突然清醒了，他打开床头柜的一个抽屉，从里面拿出药水和棉签，缓缓走到我面前，用棉签蘸上药水，在我脸上的伤口处擦拭，涂起了药水。

“疼。”我哭着嚷着。

“别哭了，眼泪流到伤口上会更疼。”林一尘边涂边说，他变温和了很多。

“帮我把背上也擦一擦，我自己涂不到。”林一尘说。

他递过来一支蘸好药水的棉签到我手里，示意我帮忙。

林一尘把身上的T恤掀起，露出后背。后背两肩胛骨之间有两个鼓起的包，少许发炎。我用棉签在包上转了两圈。

“你上火了。”我告诉林一尘，“今天，你必须去看我的房子，不去不行。”我再次告诉林一尘。

“我得先去配眼镜。”冷了好大一会儿，林一尘说。

“好，可以。”

我停止哭泣，去洗手间里整理头发，拿毛巾擦脸。

之后，我满脸伤痕、泪眼婆娑地跟在走路一瘸一拐的林一尘后面，我们一起走进眼镜店。我坐在眼镜店里心不在焉地看着林一尘跟女营业员交谈。

配好镜片后，我要给林一尘付钱，林一尘阻止了营业员，拿出自己皮夹里的钱。

我们又一起开车到了我刚拿到钥匙的新房子里。

一路上，我们僵持着，谁也不搭理谁。

你肯定会疑惑我与林一尘的关系——这是怎样的一种关系啊！是的，我自己一直也很疑惑。这肯定不是分手，也不是怨恨，那么难不成，这也是爱吗？是爱的另外一种方式吗？

“哪有男人这么拼命打女人的？”

在我歇斯底里大哭大叫时，林一尘会这样安慰我：“谈恋爱，哪有不争嘴、不打架的时候。就算是夫妻，也是会打架的。”

我无话可说了。

但我多么渴望时光能回到我与林一尘最初相处的那些时刻啊，那种真正美好的爱的方式。

# 第二十四章　我可能被爱情整病了

到了我的新房后，林一尘上楼，在屋子里转了一圈，说：“不错，挺好的！”然后，他就迫不及待地借口有事，快速离开了。

之前，我所预想的任何一个温存、浪漫的细节都没发生。对于我在房子上的努力，林一尘表现出的是全然的冷漠。

到了周一，我还是忍不住到林一尘的办公室去找他。我总希望他能再跟我解释点儿什么，或者给一个能安抚我情绪的理由，但他都是无视和长久的沉默。我开始每跟他说一句话，都会异常激动和歇斯底里。

无奈时，林一尘送我一些诵经的碟片。他说，你心情不宁静时，可以听一听。他又告诉我，很快他就要出差，去法国参观法兰克福书展。

回到家，我把那些碟片拿出来听，一曲没听完就放到了一边。现在没有什么能让我烦躁不安的情绪冷静下来的东西。

慢慢地，凭我学医又在医院工作过的经验，我意识到，我可能真的是病了。

无聊空闲时，我尝试去找一个做心理咨询的朋友，随意聊一聊。

她有香港大学心理学的博士学位，但在很多朋友眼里，她自身就是个有病的女人。我简单描述一下她的情况，就可以看出一二。

这个女人的丈夫是个画家。她20世纪60年代出生，身材极度单薄、消瘦。一个四十几岁的女人，长期独自生活，并且还从事心理咨询和心理辅导工作。她自己说，如果不是喜欢上了写作，喜欢与写作的人交朋友，她早就成了一位名副其实的病人。

我想去找她的主要原因是，我想，既然她已是个准病人，或许只有她才能理解我、认同我的感受。我并不觉得她的心理辅导真的能帮我解决什么问题。

她电话里告诉我，她住在通州银河系度假村的一间公寓里。

按照她短信发过来的地址，我很快就到了她所住的小区，她下楼来接我。我们握手，上楼。

今天，她穿着一件紧身、无袖、黑色连衣裙，衣领、胸前和衣摆上贴满了银色小圆片，在阳光下泛着亮光。这套装束使她看上去比平时要精神和阳光很多，也凸显出她此时的职业感。

她这样正式的装扮，同时也让我有点儿不太习惯。走在她身后，我还是不停地安慰自己，今天，我确实是来看病的。

实际上，她的住处是一间四十平方米不到的酒店式公寓。开放式厨房，一个大的卫生间和一个客厅。客厅也是卧室，靠墙放置了一张可以活动的伸拉沙发床。进到屋里后，她告诉我，白天，她把沙发床收起，这里就成了客厅。她在这里接受前来咨询的人。

第一次来她这里做客，我忍不住仔细参观这里的环境。

公寓外面，庭院布置非常好，估计平时来这里的都是度假的人。这间屋子推拉门的外面有个长条形的窄阳台，阳台正对着小区里的院子，有河，可以看到几个清洁女工在河里搓洗抹布和拖把。除此之外，一片宁静。

她招呼我随便坐，她自己走到厨房给我煮咖啡。

一会儿，整个屋子就弥漫了一股意大利浓缩咖啡的香味。

她把咖啡和糖端到我面前，又拿出一盒巧克力，嘱咐我随意吃，不要拘束和客气。

她较远距离地坐在另一张圆桌子旁，喝一杯茶，并盘腿坐进她对面的这张沙发床上。

我暗暗嘱咐自己，此时，她是个心理医生，我是来看病的。

我喝了两口咖啡，并没加糖。

“美国营养学家对监狱里的罪犯们曾经的饮食习惯做过研究，证实食入过高糖分的人，脾气较易激动和暴躁，暴力倾向加大，容易制造犯罪和提升犯罪率。”

我对她笑了笑，见她的视线一直盯着我，感觉挺难为情的。

“我也喜欢喝不加糖的咖啡。”她也微笑着说，“非常欢迎你来我这里做客。认识这么久了，你还是头一回来。”

“是的。一直想来，总找不到理由。”我还是故作镇定地微笑着。

“嗯，今天你就当成平时那样，我们随便聊聊天，无所顾忌，你想说多少就说多少。”她提醒我。

喝完咖啡，我还是掰开一块巧克力吃了下去，虽然我并不十分想吃它。

“味道不错。”我说。

“一个朋友从意大利带回来的。我很喜欢这种黑巧克力。”她依旧微笑着。

我逐渐感觉到轻松。心情比来之前，舒缓了很多。房间虽窄小，确实也很安静、温馨。尤其是我见她双腿随意交叉，手握茶杯，坐在圆桌旁的样子，像一个荧屏访谈节目中的女主持人。

“其实也没什么。我感觉自己目前非常缺少朋友。”我说，“以至于，现在什么问题都只能是我自己胡乱地独自去处理。最后，总会把很多事情处理得十分糟糕。”

我边打开话匣子，边思索着该怎么跟她讲述我想讲述的事，从哪里开始讲起。然后又反复提醒自己，既然我是来治病的，就一定要把心锁打开，毫不隐瞒，真诚地把诸多事件原原本本说出来。

想了想，我决定还是从我怎样去参加蝉城聚会说起。

我在她的屋子里说了三个多小时。我一个人在说，她耐心地倾听着，不发表任何意见。那时刻，我感觉被别人聆听的感觉真好！

三个小时过后，她没发表任何意见。我已经说完了我想说的所有事，然后停了下来，让她帮我开些药方，想知道接下来我该怎么做。

“没有药方。”她说。

“那么，给些建议吧！”

我渴盼地看着她。她依旧微笑着。微笑的样子比平时我见到她时，美丽很多。

“我的药方是没有药方。”她又喝了一口茶说。我觉得她的茶早已经凉了，我感到很抱歉。

“兑点儿热水吧，真好不意思，一直就我一个人不停地在说。”我站起身想帮她去倒水。

“没关系，没关系。”她也站起身，挥手让我坐下，自己去倒水，“你没有毛病，哪儿都没有毛病。”她端茶杯过来又微笑着说。

“是吗？”我非常纳闷。但我又意识到，如果我再继续追问下去，她可能并不会说更多。如果我再继续追问，是不是说明，我真的还是病了？

我看了看时间，又看了看窗外，窗外的光线已暗淡下来。已经打搅她太久了，我赶紧起身向她道别。她开心地送我下楼。

走出她的屋子，我立刻感觉到了异常轻松。

事后，我打电话把这事告诉给林一尘，他说，主意不坏。

第二天，林一尘又给我打电话，说：“我现在正站在巴黎圣母院前，刚才走在戴安娜王妃出车祸的街道上——那条街道很窄小——

站在这里，让人感觉到生命是那么的渺小和微不足道。”

我手握电话，站在八角阳台的飘窗旁，静静地听林一尘说话。

透过八角阳台的窗户玻璃，我看向楼下的花园。几个妇人推着几辆儿童车在花园里散步，还有三五个小孩儿在花坛中央玩着足球和滑板。

“你想要什么礼物？我买给你。”林一尘又问。

我心中大喜，为林一尘与我的关系似乎能转危为安而惊喜。

“什么都可以。你随意，不麻烦就好。”我喜悦地说。

三天后，林一尘回到北京，主动给我电话汇报。我更加惊喜，似乎又回到了我们相处的当初。我嘱咐他先休息几日，倒一下时差，我不会去打扰他。

第三日，林一尘约我吃饭，他把带回来的礼物呈现到我面前：荷兰牧场冰箱贴、瑞士军刀、意大利巧克力、法国香水……

我手捧礼物，激动得不知所措。

林一尘看着我，我发现他的注视逐渐转成了凝视。林一尘在凝视人时，眼球固定在那儿，一动不动。

餐馆里，其他人都走了，只剩我与林一尘在那儿，我发现林一尘自始至终都在凝视我。我自然心花怒放。

临分手时，我依依不舍，还掉了几滴眼泪，因为我担心又会很长时间见不到此时此刻温驯的他了。

饭后，林一尘开车带了我一程。临下车前，在他的允许下，我轻轻地吻了他的脸。——那些青青的胡子根儿。

# 第二十五章　第一次在林一尘家撞上了王小鹤

过了几日，有朋友邀请吃饭，我很高兴去了，席间喝了一些酒，与他们告别后，中途我想去看看林一尘，一是再次感谢他送我的礼物，二是我的确很想念他。

到了楼下，我在门禁处按林一尘屋子门铃。一会儿有人进入楼内，没等林一尘开门，我就随他们走了进去，上到第四层的楼道里，我竟与准备下楼的林一尘相遇了。

“我屋里有人，你不要进去了。”林一尘说。

我一头雾水地定在楼梯上。

“是王小鹤。”过了一会儿，林一尘吞吞吐吐地说。

“王小鹤？”

林一尘紧张和慌乱的表情很让我吃惊，我转身慢慢下楼梯，但越来越举步艰难，脑海里疑问重重。

林一尘见我转身后，他迅速大跨步上楼，进屋关门。随着“咣当”“嘎吱”几声关门的响声，我心中越发有股说不清的滋味。我定住脚，急速思考，既然王小鹤早已是林一尘的前女友，那么林一尘完全可以大方地把我介绍给王小鹤认识，而不应该出现如此的慌乱。

想到这里时，我再也迈不出脚步。一股竭力想要搞明真相的激动感鼓动着我。

我折返身敲响了林一尘的门。

呈现在我眼前的是一对情侣的脸。

这是我第一次与王小鹤相遇。这就是传说中林一尘在蝉城曾苦苦相恋过的女孩儿——她瘦高个儿，黑色连衣短裙搭配黑色波浪纹丝袜，丝袜单薄处露出她腿上淡淡的肉色。她脚穿林一尘的拖鞋（我在时，也穿这双拖鞋）。齐肩长发，发梢烫过，微卷。戴着无边框眼镜，仍能看出她是挂梢单眼皮小眼睛，略微歪斜的嘴唇、虎牙和尖尖的下巴。

进了林一尘的卧室，与王小鹤面对面，我们彼此相互打量着对方。

从身材上，我立刻觉得自己非常微不足道，此时的我，穿一件宽松齐膝帆布外套，显得十分随便、土气。强烈的自卑感立刻滋生，但仔细端详王小鹤面部的五官后，我深深地为林一尘感到难过和惋惜。

“我是王小鹤，你是？”她主动向我打招呼。

“我是周莉，这个屋子的女主人。林一尘的女朋友。”我鼓起勇气说。

一个女人对另一个女人的敌意立刻在我浑身的血液里汹涌地翻滚着。

“不可能！”王小鹤突然吃惊地说，“林一尘从没告诉过我。”

她表现出来的神情比我还惊讶。

我似乎突然预感到了什么……

“你来做什么？你们不是早已分手了吗？”我说。

“我们从没分手，我们一直还在一起。”王小鹤更加惊讶又肯定地对我说。

听王小鹤这么一说，我立在那儿，怎么也挪动不了身子。

我摸索着沙发坐了下来。

林一尘走到我面前递给我一杯水，我没接。他说：“你先回去，先回去好吗？”

这个时候，我根本不知道自己该做些什么，我盲目而又失落地走出了林一尘的屋子，又盲目地下了楼，接着盲目地坐上一辆出租车，穿梭过一条条街道和忽明忽暗的路灯……

最终，我还是疲惫不堪地回到了家，泪水也情不自禁地涌了出来。

似乎一切都有了答案，但似乎一切又都迷惑不解。

# 第二十六章　爱情中，最不可被侮辱的是尊严

对于王小鹤与林一尘之间到底是怎样的一种关系，我一无所知，糊里糊涂。最初我去林一尘屋子里做客时，他说他与王小鹤谈过七年多的恋爱，早已分了手，而现在，王小鹤说，他们从未分开过。

那么林一尘跟我在一起这么久，到底算什么？林一尘到底是怎样看待我和他，以及王小鹤与他之间的关系，我更是想不通，脑袋里像是被贴上了一层厚厚的糨糊。

还有那个新加坡女孩儿呢？

所有问题，我都百思不得其解。

与王小鹤在林一尘家相遇后的第三天，我坐在阳台上准备认认真真、严肃诚恳地给林一尘写一封长信。我不仅仅需要林一尘向我解释清我们三人之间到底是怎么一回事。也想知道，他的态度到底是怎样的。

这时，我却接到了林一尘打来的电话。

“周莉。”

说话的竟是王小鹤。她在电话那头说：“今晚，我跟林一尘在一起，以后，请你不要再找他了，我与林一尘早已结婚。如果我发现你再与他联系，我会报警！会去你单位，找你的领导和同事。”

王小鹤使用的是林一尘的手机！

我暗自吃惊，瘫软在沙发上，怎么都站不起身，脑中一片空白。王小鹤的这番话如晴空霹雳。

王小鹤说她与林一尘早已结婚，林一尘从没告诉过我，其他朋友也没如此说过。那么，这到底是怎么一回事呢？

如果王小鹤与林一尘果真的早已结婚，林一尘对我属于隐瞒——这让我莫名其妙成了一个第三者！这无疑是对我与林一尘最初情感的侮辱。

想到这儿，我心中如五味瓶猛然爆裂，辨不清是什么滋味。

还有，王小鹤这时怎么能使用林一尘的手机给我打电话呢？她一定是得到了林一尘的允许。我想到我一贯尊重，从不使用林一尘的任何私人物件，包括他的家门钥匙。此时的王小鹤获得了林一尘特殊的待遇？

王小鹤说她今晚住在林一尘那儿，这分明是向我示威和挑衅。对于这一点，我是有所了解的——米兰·昆德拉说过“女人的敌人永远都是另一个女人”。

是王小鹤耍手段索要到林一尘的手机，还是林一尘主动给她使用的呢？如果这也是林一尘的意思，那么这一刻，他们是联合起来在驱赶我？

我突然发现我的智商在这时已经停止运转了，根本琢磨不透这些。

这，不是在侮辱我的人格和尊严吗？

——想到这里，我恍惚极了。

什么都可以没有，什么都可以失去，唯独尊严不可以！尊严……

我简直要疯了。

我坐在沙发上，无法再平静，我要找林一尘问个明白。两天前，他刚刚赠送给我他从欧洲为我带回来的礼物……他把礼物送给我时，坐在餐馆里，他是那样长久地凝视着我。

第二天下午，我放下手头所有事情赶到林一尘的办公室，把我晚上写好的信递到他面前，然后在他对面坐下来。

我企图与他好好探讨一下昨晚他与王小鹤的行为。

林一尘面容十分憔悴，面部皮肤严重脱水，整个人突然间像是衰老了十多岁——想必，昨夜他至少半夜没合眼。

林一尘背窗站立着。

“是的，我们早已领证结婚了。”林一尘吞吞吐吐地说，虽然说得很肯定，但似乎还是能看出他有些心虚。

“怎么可能！之前，你从未告诉过我。没有一个人告诉过我这件事。”

我压抑着声音，还是几乎要叫起来。

此刻，我真不敢相信自己的耳朵。

“谁会在意你的生活？没有人会真正在意你！所以，我与王小鹤领证结婚的事没告诉任何人。生活是我们自己的。”林一尘表情严肃、冷漠地说。

林一尘的话越来越让我感到惊讶和不解。

“刘志勇知道吗？”我问林一尘。

“不知道。”

“那么朱武呢？”

“不知道。”

“老寒、老顾、赵大强呢？”

我把我知道的所有蝉城人的名字全部念了出来。

“我没告诉过任何人，虽然我跟他们如亲兄弟般交往，但你要清楚知道，我们每人都各自过活，没有谁真正在意谁。这么多年，我与他们说话的时间加起来都不会超过 20 个小时。”林一尘咬着牙根，缓缓地说。我感觉出他十分疲惫。

“可是，起初……”我忍不住委屈得想哭，“你怎么可以，也不告诉我？……请你告诉我真相！”

林一尘见状，身体向后退缩着。停了停后，他转身出门。我听到他走向了对面的洗手间。里面传出“哗哗”的流水声。

我独自孤零零、无助地坐在林一尘的办公室里。

办公桌上，他的电脑也孤零零地立在那儿。电脑旁，他的钥匙在窗口照进来的阳光里闪烁地反射出亮闪闪的光。

一股无法抗拒的冲动，一股前所未有的渴望探知一切的冲动提醒我：察看他的电脑。

我起身把林一尘办公室的门反锁上，从包内掏出一块移动硬盘，开始拷贝他电脑里除去系统盘之外的所有文件和记录资料。

拷贝完，林一尘还没回来。我猜他此刻是故意回避不见。

电脑旁的桌面上，三把钥匙：两把家门，一把办公室大门的钥匙。它们炫耀似的躺在我的眼皮底下，它们在向我发出讥讽和嘲笑。它们挑逗我的忍耐极限。

是的，这些对我太有用了。

我想起王小鹤能够使用林一尘的手机，我为什么不能使用他的钥匙呢？如今的现状，还谈什么尊重？

我愤起，夺走了它们。

我把钥匙装进口袋，离开了林一尘的办公室。

一路上，我胆战心惊。

我在马路上来来回回走着，一阵狂乱的心跳。啊，第一次做贼的人是不是都这样！

所幸不远，一条窄巷子里就有一个配锁扣钥匙的小窗口。我把林一尘的钥匙伸进去，让师傅尽快给我配备了相同的一串。

我揣着两串钥匙又回到林一尘的办公室，他还是没有回来。

我把原先的一串仍旧原样留在了桌面上，转身离开。

# 第二十七章　七年前，王小鹤去了令她朝思暮想的巴黎

回到家后，我迅速打开移动硬盘，开始在每一个字符里查找林一尘和王小鹤的任何蛛丝马迹，又通过林一尘预存的多个密码，打开了他的邮箱，以及MSN、QQ等多个聊天工具，又通过他特别保存的文件夹资料中的通信录，打开了每一个朝向林一尘和王小鹤的通道，王小鹤的生活才逐渐在我眼前全景式展开……

七年前，王小鹤一个人去了巴黎。林一尘继续留在蝉城生活。

虽然在签证问题上费了一点儿周折，王小鹤还是来到了巴黎。

眼前的巴黎早已不是她少女时期来过的巴黎，眼前的巴黎完全是一个陌生的国度。陌生的人群、陌生的面孔、陌生的生活习惯、陌生的文化、陌生的饮食……

甚至连太阳和星星都是陌生的。

世界一片崭新，所有的一切都很新奇。她像是从天而降。

一直以来，可以说，王小鹤对巴黎就有点儿朝思暮想。不仅仅因为她的父亲是个画家，有很多巴黎的朋友，而是大约在她十四岁时，父亲的作品有一次来巴黎展出的机会。父亲就趁机捎带他们全家都去了巴黎，权当旅游一趟。

父亲的朋友方大海领着他们惯性地游览卢浮宫、罗丹博物馆、巴黎歌剧院、凡尔赛宫、凯旋门、埃菲尔铁塔……可这一切都没引起王小鹤的兴趣，她独独对帕尼尼产生了好感。

整个旅程中的风景，她也根本没心思关心。她只愿跟她的小伙伴——方大海的女儿方玲一起玩。每到吃饭时，她只要求父母给她点一份帕尼尼，她说："还是帕尼尼吧。我只要一份帕尼尼。烟熏腊肠夹西红柿的，还要滴两滴橄榄油。只要两滴。"她不停地强调，令在场的大人们大笑不止。父亲轻拍她的小脑袋，嘲笑她真没出息。她吐出舌头做鬼脸，暗自却想：一回国，我就吃不到正宗口味的帕尼尼了。

点完帕尼尼之后，她就埋头读她从莎士比亚书店挑选出来的一些旧图书，大多都是小说。莫里哀、巴尔扎克、小仲马，还有乔治桑。

方玲不喜欢帕尼尼，她钟爱多种味道的可丽饼。她搞不清为什么小鹤只钟情这么单一的三明治。她说："你应该放下这些旧小说，改读马格丽特·杜拉斯，读读她的《冒失鬼》。"方玲边说边朝小鹤挤眼睛。

当时，小鹤还没读过杜拉斯的书，有些动心。

“或者，你更应该读一读她的《坐在走廊上的男人》和《情人》。”方玲将嘴贴上她的耳朵悄悄告诉她。

“《情人》讲的是她跟她的中国情人之间的爱情故事。爱上那个男人时，杜拉斯才十六岁，只比你大两岁。”

小鹤听了，脸色立刻绯红起来。

方玲比她还小一岁，但听她说，她很早就已读完杜拉斯写的所有书籍了，这让小鹤多多少少对杜拉斯充满了好奇。

“别着急，我把她的书都送给你。”方玲认真地说。

后来，方玲说到做到，临走时，她将手边所有杜拉斯的书全都送给了王小鹤。小鹤跟着父母，捧着这些书恋恋不舍地回了国。

第二年春节刚过不久，方玲给小鹤打来电话，告诉她杜拉斯死了。放下电话后的整个下午，小鹤都躲在房间里痛哭不止。

几年之后，小鹤来蝉城读书，遇上林一尘，熟识后，她把这些往事全都说给他听。她说：“写作的人，我觉得都应该去巴黎走一走，看一看，当然，更好的是在那里停留下来生活一段时间。毕竟那里有世界上最浓郁、最前卫的文艺氛围。”

林一尘听了很不开心。

“我只喜欢美国作家。”他说。

“又是塞林格！”

“喜欢他是我的事，不喜欢是你的事，你可以不看他的书。”他跟她撒气。

“好吧。”

每当此时，王小鹤只能妥协。是因为自己深爱他，不想伤害他吗？还是她惧怕什么？她不知道，自己辨别不清。她就是强烈地想跟他在一起。一没课时，她就从学校跑出来。每个周末，她都想跟林一尘腻在一起。可林一尘经常厌烦她，总是说：“你走开，你走开，你找别人去。”

……

她就是不走，她担心自己离开后，别的女孩儿就会站在她现在站的这个位置上。林一尘大她十多岁，他已经在蝉城一家杂志社工作多年，负责文学板块。当时，他已经小有名气。

他跟蝉城其他几个小说家、诗人组成了一个文学团体，发起了一场轰轰烈烈的文学运动，在整个中国都引起了轰动。文学老朽、文学新秀、文学批评家以及各种媒体，都把目光关注到了这里。各种报刊上，只要开设与文学相关联的栏目，其内都会有他们的作品展示，或者评论、对话，以及文艺访谈。对于文化体制、文艺现状，他们年轻气盛，大刀阔斧、淋漓尽致地给予尖锐的批评，文学的大旗在这个城市上空，在他们的头顶上迎风飘扬。他们写作的风格、语言叙述的方式和结构技巧，像20世纪80年代初的蛤蟆镜、喇叭裤和邓丽君的歌一样，风靡一时，成了评判文学作品好坏的基本标准。

这里成了一个耀眼的聚点。全国各地的文学爱好者，以及文艺青年都慕名而来，争先与他们相识、切磋、膜拜。聊天、品茶、下棋、喝酒。有时候也争论不休，谁也不服谁，但争论的结果却对彼此多多少少都会产生一些影响。认知的道路上，无形中产生了默契，惺惺相惜。

这像一场文学的盛典，更像一场思想交流的盛宴。

我也是那个时期，一边在医院B超室工作，一边从网络上知晓了这个群体的存在，而由赵大强介绍，参加了蝉城的那次聚会。聚会之后，我与这个群体中的人，没再有更多接触，但蝉城聚会的这段经历却对我的生活无形中产生了巨大的影响，使我毫不犹豫、刻不容缓地告别了钢城既定的、毫无生机、一成不变、初始即可看到终点的生活，选择北上。

纵贯林一尘整个写作历程，与王小鹤相处的头两年是他文学生涯中最顶峰的时期。林一尘除了小说写得好，艺术评论也写得不错，在圈内是有共识的。关键他还主持和策划过几次规模宏大、意义不同凡响的艺术活动。

他的身边从不缺少女生。她们被名誉和艺术气息招引过来。她们在这些作家和艺术家身边转来转去。蝴蝶一样美，花朵一样五彩缤纷。不仅仅是外貌，更有关于才情。

所以，还未经世的王小鹤不想离开。

两年后，王小鹤毕业时，却有了个难题放在她面前，等待她抉择：继续去巴黎读书，还是留在国内，陪在林一尘身边做个编辑或者做一个普通的职员？

王小鹤犹豫不决。这时，她的父母帮她做出了选择。毕竟，小鹤对巴黎一直朝思暮想。更因为方玲一直力邀她尽快过去与她相聚。

犹豫一段时间后，她还是做出决定：去往巴黎。

走的那天，小鹤要求林一尘送她，林一尘并不情愿，最终，他还是拗不过她，陪她到了北京，与小鹤的父母一起去了机场送她。

小鹤走后，林一尘又回到了蝉城。突然之间，他竟无法平静，当晚，他一夜没合眼，这令他自己都没有料到。

林一尘表面上一直非常骄傲，他在每一个镜头里留下的影子都是脑袋高抬，目光斜视远方，神情固执得宛如一尊石雕，怎么掰也掰不过来。平时，他习惯把他所有的经验都写进自己的作品里。

林一尘平时与他身边的人，都隔着一层距离。一是为了体验这种孤独感，二是他对发掘人的内心世界有一种与生俱来的天赋。他内心异常敏感、脆弱。所以，他只能以强硬的外表来迷惑身旁的众人。

王小鹤走的那天晚上，林一尘躺在床上，根本睡不着。他爬起来，坐在电脑前抽烟，手不由自主地抚上键盘。就那样，在不知不觉中，在困倦疲乏中，他竟敲出了两万多字。

他写了一篇名为《一天比 24 小时长多久》的小说。蝉城聚会当天下午，我在蝉城书店的某一期刊上，也看到了这篇小说。

这篇小说在林一尘的朋友圈里引起了不小的轰动和认可，他方才醒悟，原来，他对王小鹤早已有了很深的感情。

接下来的几天，一股莫名的失落感深深地困扰着林一尘，但林一尘的骄傲并不会让这样的情绪在他脑海中存留多久。仅仅是两三天，到了第四天，他就全忘了。林一尘用读书、用运动、用聚会、用写作把所有对他思考有影响的情绪全部驱赶走了。

不过，这期间，一个突然而至的念头一直引起了林一尘的兴趣，就是人的情感世界总会极端地无理由地依赖一种突然涌现的、令自己都深感惊讶的感觉——“感觉”——对！就是“感觉”！——这种感觉通常会发生在某一瞬间，像一把钥匙突然启开了它的密码，打开了一扇门，你突然到达了另外一个世界。这种“感觉”是你预料不及的，有时会无视个人意志的存在。

为什么会出现这种情况呢？

为了让这个疑问有个解答，他去了蝉城图书馆，一整个下午，他都把自己埋进各种图书里。

很早以前，他好像听说过是一种物质在左右着这种现象。这种物质从人体的某一神秘部位分泌出来，流进血液，散布至全身后，就会让人产生那样的感受。他突发奇想，如果把这个部位从人体中摘除，是不是人就会彻底变成没有了感觉，或是变成没有了情感？假使相反，把这种物质大量地输入人的身体里，那么，人是不是就会完全被感觉或情感所控制？那将会是怎样的一种情景啊！他被自己的奇思妙想弄得兴趣陡起，他不想耽误时间，立马去图书馆寻找答案。

那天，林一尘没有找到答案。因为他进去后，在书架前转了转，翻了翻几本书，觉得无从下手。从医学、生物学的书籍中寻找答案，他立刻觉得这是个没有尽头的寻找。这些书厚重又枯燥，简直根本看不懂。他的兴趣逐渐转移到了别处，他看到了几本他这几天一直在寻找的作家的小说、评论及随笔。应该是刚刚进来的货，他此时的感觉还是依赖他的兴趣爱好。

整个下午，林一尘就在图书馆里翻完了这些随笔，把小说借了出来。

事后，他把这个有趣的问题轻描淡写地记进了他的作品里。此后，他再也没有与人讨论过那天他去图书馆的初始目的。

# 第二十八章 “鹤，是一只白色，喜爱迁徙的鸟。”

王小鹤到了巴黎后，小鹤的父亲拜托方大海一定要照顾好小鹤。方大海义不容辞地答应了他。

他帮小鹤打点完所有事务后，学习之余，方大海夫妇和方玲经常邀请小鹤去他们家居住或做客。方大海早期画画，后来与他的另一个画家朋友在巴黎合伙经营着一个画廊。

方大海的画廊经常会举办一些展览。方玲偶尔会力邀小鹤过去玩。

第一个暑假期间，方大海所经营的画廊新签约了一批年轻的新锐画家，方大海和他的合伙人为此举办了一个别开生面的展览和签约仪式。

开幕酒会，小鹤受邀前来参加。

那天，出席酒会的人特别多，小鹤仅认识曾经在方大海家吃饭时见过面的那三五个人，对其他人都不熟。她只能沉默不语地站在一个角落里。

晚上，酒会快结束时，小鹤才由方玲推荐介绍，认识了一个叫索德的青年画家。他是个法国人，戴着一副金边眼镜，举止斯文、儒雅。

第一印象，索德很幽默，也很温和。

“您好！索德。”索德主动向小鹤介绍自己，与她握手。

“您好！我是王小鹤。”小鹤也礼貌地回应他。

方玲离开后，王小鹤与索德站在门边有一搭没一搭地随意聊着天。这里比大厅要安静，大厅里不爱聊天的人陆陆续续早已经走了，留下来的都是相当熟识和喜欢攀谈的人。

“这里也有你的画作吗？”王小鹤问索德。

“没有。”索德说。

“我的朋友正与这里合作，我是受邀过来的。”索德说。并且，他指着远处一个今天被签约的年轻画家给小鹤看。他们是朋友，今天，那人一直在应酬、忙碌。

小鹤朝那人看过去，微笑着跟索德点了点头。

“我跟他都住在布洛涅森林附近，巴黎西郊。一个靠近普瓦西狱，又远离普瓦西狱的地方。”索德笑着说。

“哦。不错。”小鹤回应他。她对他所说的地方还不太熟。

“我住在一个白色的圆盒子里。”索德又笑着说，样子很愉悦。

“在我的圆盒子里，可以尽情地享受阳光，一览无余。”索德喝了口酒，边说边做着夸张的手势，他说得相当自信。

小鹤细观他，索德中等个头，一头棕色短短的卷发，并不浓重的眉毛，深陷的眼窝，长长的睫毛比其他的法国人更加动人。

他俩在这里聊天，并没人来打搅。

“在那里你可以看见透明的时间。”索德又强调说。

“那是一个什么样的地方啊。”

小鹤不由自主惊讶地轻轻叫了一声，她有些兴奋，不知是因为她刚刚喝了一些酒的缘故，还是现在终于有人过来与她搭讪、攀谈，并且还是这么一个快乐、漂亮的法国青年。

“有兴趣，你可以随时招呼我。我可以开车来接你去我那儿参观，或者度周末。相信你会感觉到汽车驶出巴黎的愉悦。一片开阔的，完全敞开的世界，画里才有的世界。”索德越说越开心，“在那里，没有压迫，也没有恐惧。”索德又补充道。

索德如此热情地向小鹤描述他目前栖居的地方，可想他对它有多么满意。初次相识，他并不像别人那样询问小鹤来巴黎有多久了，在哪里学习，觉得巴黎怎么样等等话题，而是一个劲儿地向她介绍他的天地。

索德又告诉王小鹤，他不太喜欢现在的巴黎，甚至有点儿厌恶，但他又离不开巴黎，要不，他早就去别的城市了。所以，他选择了一个可以远离巴黎，又可以与巴黎保持紧密联系的地方。

“巴黎有一种魔咒。既是天堂，又是地狱。”索德摇着头说。

小鹤还不太理解他的意思。

“嗯哼！我指，尤其是满大街到处都能踩上狗屎！”索德转而幽默地说。

小鹤为索德的幽默，忍不住哈哈大笑起来。

“我的圆盒子却不是这样。我对它非常满意，它能给我安静，远离喧嚣。”

索德抿着酒接着又告诉小鹤，在他住处附近，还有其他几个画画的朋友。他们常有来往。他去找他们，或者他们来他这儿喝酒、听音乐。索德说，他们力图想把那里发展成一个绝对纯粹的艺术胜地。给艺术、绘画创作者提供一个绝对自由的创作天地。

“啊哈，这是迟早的事。”索德说。他很有信心。

小鹤想，这多像北京的798阿，不过，更像北京的画家村——宋庄，只是宋庄没有索德描述他的居所那样美。很早以前的宋庄，还没有艺术家进驻时，完全是一片狼藉，仅仅是一个落后、废旧的农村。在国内时，有一回，父亲带她一起去已以“画家村”命名的宋庄，父亲有个朋友在那里成立了一个艺术馆，邀请他去参观指导。不过，父亲非常不喜欢那里的“糟糕”氛围。他说，什么人都有，鱼龙混杂，太吵、太乱了。

“我们北京也有这么一个地方，几千个艺术家集聚在那里，是个叫宋庄的小镇。早先，在圆明园附近也有一个，后来那些集聚在一起的画家、艺术家因某些问题，被驱赶了，一些人就选择转移到了宋庄那个小镇。目前，小镇艺术家的人数正逐年递增。”小鹤也向索德友善地介绍中国绘画圈的情况，“不过，很有趣的是，宋庄小镇的正中央位置，设立了一家医院，是个精神病院。”她转了转手里的酒杯，喝了一口，又说，“听朋友说，假如有某些画家沉浸在艺术创作的情绪中，一时走不出来，有人就会自觉通知村长，把那人送进去。等病情好转，情绪稳定了，再放他出来。现今，很多艺术家在那个精神病医院里都挂有床位。”

小鹤说到这里，见索德把眼睛睁得大大地看她。可能，索德觉得这简直太不可思议了。

小鹤继续说道：“有意思的是，一天晚上，艺术家们都聚在一起吃饭、喝酒、聊天，非常愉悦、快乐。中途有一个画家突然站起身，他站到了凳子上，伸出手示意大家全都安静下来。大家见他这样，都不说话了。只见那个画家从桌子上拿起一个手机来拨号，拨通后，他对着手机说‘麻烦你，我想找205床的病人接电话，着急跟他说点事儿’。原来，他是打给精神病院的。电话那边的值班护士让他稍等一会儿。大约三四分钟后，那个护士回来了，她在电话里告诉他，205床的病人不在。她没找到他。”

小鹤停了停，又喝了一口酒。

“你猜接下来怎么着？”小鹤睁大眼睛盯着索德的眼睛，问他。

索德摇了摇头，他似乎觉得这个故事太过于平淡，他还没弄明白她究竟想要说明什么。

“在打电话时，那个画家一直示意大家继续保持安静，等那个护士说完，他轻轻地把电话挂掉了。然后，从凳子上又跳到了桌子上，得意地手舞足蹈。他开心地大叫‘终于出来了！我终于出来了！我终于逃出来了’——原来，他就是205床的病人。”

索德听完后，意外地哈哈大笑。

小鹤也忍不住地笑着。

“真是这样吗？真是这样吗？”索德边笑边问。

“非常确定！向你保证！”小鹤说。

其实，这是那次她陪她父亲去宋庄时，茶席间，画展负责人说给他们听的一个笑话，连她自己都不知道是真是假。回来的路上，车子经过那个精神病院时，她特意回头望了那个医院好几眼。几年过去，那次去宋庄的印象已经不怎么强烈了，但她却深刻记住了这个故事。

索德向她竖起大拇指，赞赏道：“你们，太有意思了。”索德说，“将来，真希望能去你们那儿看个究竟。”

“欢迎去看看。”小鹤友好地鼓励道。

第一次的相识，以这样愉悦的聊天而结束。小鹤并不确定以后她还会不会再遇上索德。她记住了索德开心、快乐和幽默的样子。没想到五天后，她又见到了索德。这次是在方大海家。索德与两个朋友受邀一起来方大海家做客。方大海夫人很热情，亲自做各种美食招待他们。小鹤也受邀前来，她过来后，一刻不停地忙着帮方太太准备食物。

索德与小鹤第二次见面，他吃惊又欢乐得不得了。

“白色的圆房子。”小鹤见到索德也欢快地叫起来。

“是的，是的，真荣幸。”索德说，“没想到又见到了你！”

小鹤把端在手里的盘子、蔬菜和沙拉酱向索德展示了一下。索德明白过来，赶紧上前去帮她。

晚餐进行得非常顺利、融洽，气氛祥和。小鹤和索德、方玲聊得都非常开心。

小鹤告诉索德，她正在巴黎第四大学读艺术史研究生。

方大海夫妇也赶紧向在场的朋友们隆重介绍王小鹤，力荐小鹤以后可以为他们的这些朋友写一些作品评论，他们也可以帮忙发表在法国或中国的媒体上。同时，他们也介绍了另一位艺术杂志的朋友给小鹤认识。

方大海夫妇在巴黎待了这么多年，已经拥有了很多艺术界和媒体的朋友。

“Crane，在中国是不是有一些特殊的意义？”空闲时，索德问小鹤。

小鹤很惊讶，索德会问她这个问题，看来，他对中国确实还是有一些兴趣的。

小鹤点了点头。

“鹤，是一只白色的鸟。”小鹤说。

“仙鸟，传说中一种神奇的鸟。据我所知，它与你们中国的道教文化有很深厚的渊源，象征长寿、健康、吉祥。对不对？”索德不确定地问小鹤。

这让小鹤更加惊讶了，她点点头说：“是的，是的。你怎么知道的？中国传统中，年长的人去世，会说‘驾鹤西游’。中国，以及一些东亚国家，传统画作上，习惯把鹤与挺拔苍劲的古松画在一起，作为益年长寿的象征。鹤，还象征人的精神品格的高尚。”

小鹤向索德仔细解说。当年她父亲就画了好多有关古松和鹤的中国画，所以，才给她取了这个名字。

“在中国，鹤，属于一种迁徙的鸟。冬天，它们会迁徙到长江以南。春天，它们又飞回到北方。所以，因为这个名字，我与迁徙、漂泊也有了关联。父亲为我取名时，他可没考虑到会引来这样的后果。”小鹤忍不住开了个玩笑。

“不要这么想，应该说，因为你来到巴黎，你把吉祥、安康和快乐带给了我们。”索德快乐地说。

索德在说这些话时的表情特别幽默，让小鹤忍不住联想到中国蒙古族人那种盛情欢迎新朋友到来时的情景。

在场用餐的人，全都欢快地笑起来，频频向王小鹤举杯，友好示意。

方大海夫妇十分满足。

# 第二十九章　“白色的圆房子”里可以看见“透明的时间”

大约两周后，正好假期，小鹤竟收到了索德的邀请短信，邀请她去参观他的“白色的圆房子”去感受“透明的时间”。小鹤考虑了一下后，欣然答应了。

索德没有邀请其他人，只邀请了小鹤。小鹤来的途中，索德开车去接了她。

索德说得没错，汽车驶出巴黎后，世界逐渐敞开，像在他们眼前忽然拉开了一道帷幕，满视野都是一大片一览无余、无比开阔的天地。可以看到满眼绿色的树木和植被，生机勃发。空气异常清新。

索德所描述的“白色的圆房子”是一栋建筑物的顶层，靠近一小片树林。整栋建筑是椭圆形的结构，他的屋子属于那栋建筑最南端的一个拐角，为了凸现整栋建筑别出心裁的设计，他的屋子完全独立了出来，呈圆形。四周一大半的面积是花园，另三分之一的部分完全是玻璃，宽长的巨大落地窗，落地窗窗棂的影子透射到地板上，本身就成了一幅画。背阳的阴凉处才是他规划出画画的地方。那里陈列了几幅还没有完成的油画作品。在画架附近有一架破旧的钢琴，琴身体积中等，还有一个老式唱片机。

这么迷人的房子，确实让小鹤惊叹。

小鹤在花园里的躺椅上躺下，就不想起来了。阳光如纱，铺洒在小鹤的身体上，胳膊与整个腿部都慢慢暖和起来，脑袋也被晒热了、晒空了。

索德从屋子里端出一只餐盘，里面已经放好了两只小碟，两支葡萄酒杯，每支酒杯里装了半杯白葡萄酒。两只小碟子里分别放置了几片面包、干红肠和乳酪。索德把盘子在躺椅边的铁艺茶几上放好，端起一只酒杯送到小鹤手里。

索德的动作自始至终都很优雅，他是地地道道的法国人，拥有纯正法国人的浪漫和优雅的血液。只不过，他来自里昂，并非巴黎。

索德生在里昂郊区的一个音乐之家，他的父亲是里昂一所大学的音乐老师，母亲在里昂开了一家乐器店。她原来也是位音乐老师，在中学任职。她与索德父亲是大学同学，他们拥有过一段非常美好的恋爱时光。他们结婚后，索德出生了，母亲经过十月怀胎，又经过对索德的哺育，发现自己对音乐完全失去了兴趣。实际上，她对生活也同时失去了兴趣。她厌烦极了，对生活、对儿子、对丈夫、对身边所有的一切都感到失望和无助。索德出生后的第二年，突然有一天，她做出一个决定，向大家宣布，她再也不能这样继续下去了。她说，她觉得自己已经快疯了，已经快崩溃了。她提出将独自出去做一次环球旅行的计划。在那种情况下，谁也没敢阻止她。因为家庭中的所有人都在为她担心，他们也早就发觉和感知到了她的烦恼。祖母提出自愿接受孩子，他跟随了祖母。他们都祝福他的母亲，希望旅行能治愈她。大家都盼望她能很快安静和快乐起来。

“在我幼小的心灵里，我一直觉得，我的出生对母亲来说，不是喜悦，而是懊恼！”索德接着说，“自从我出生后，母亲就烦恼不已。五年后，她大约走完了四十多个国家，累极了。最后，她还是回来了。她从她自己的父亲那儿借来了一些钱，在我父亲任职的大学附近开了一家乐器店。

“她回来时，已经根本不认识我，我对她也根本没有任何印象。很有意思的是，她刚回来时，我就站在门口，我听到了门铃被敲响的声音，从屋子里跑出去，站在正门的太阳里。时间还没到中午。温暖又耀眼的阳光全部洒在我身子和睫毛上，和现在你看到的阳光差不多。妈妈从外面走过来，她无精打采地从我身边经过，好意地用手摸了摸我的头，没跟我说一句话，也没多看我一眼。她差不多已完全忘记了我，根本没认出我是谁。我站在那里，她像见了一个邻居家的陌生的孩子一样。她跌跌撞撞走进屋子去见我父亲。父亲唤我上前叫她‘妈妈’。她才重新走到我身边来，惊讶地看着我……

“老实说，那一刻，我只感到十分好奇。我并没有感觉到有多么不同和意外的惊喜。她将我搂进怀里，我只感到她的体温还是热的。对，她还有一丝温暖的体温和两滴温热的眼泪，它们滴在了我抬起的额头上。”

索德不无遗憾地向小鹤说着他的身世，小鹤为索德忧伤的情绪感染到而难过。她不知道该怎么安慰他，只能伸出手去握住他放在椅背上的手臂。

“可是，比较可笑的是，等我逐渐长大，我竟诧异地发现，我骨髓里的每一个细胞都克隆了我母亲细胞的痕迹。我怀疑它们没有任何一滴来自于我父亲。父亲温和、安静、恬淡又热情……他美好得像一幅凡·高的向日葵，而我母亲不是，她总是那么烦躁不安，我遗传了她令我生厌的全部。十七岁那年，突然有一天，我像她一样对自己身边的一切都感到了厌倦。学业根本不想再继续了，我没跟任何人说出我的烦恼，只在自己房间的桌子上留下一张纸条，就离开了家。你说好不好笑？”

索德几近失望而又尴尬地笑着。

“不，你已经很好了，”小鹤说，“第一次见你时，我在你身上看到的，全是你所描述的你父亲的这些优秀品质。情况一点儿都不像你认为的那样糟糕！”小鹤安慰他。

初识那天，她确实感觉到了索德的好。幽默、儒雅和彬彬有礼的浪漫感。她现在有点儿诧异，索德居然全不自知。

“可能是我迷惑了你！哈！如果真是那样，我感到抱歉！”索德咧开嘴笑起来。

“也许是我一直努力着学习我父亲。”

“不要这样想，你本来就很完美。”小鹤说。

索德坐在另一张椅子里，腿伸出来非常长。

“出逃时，我不顾一切，换了三辆小车，才赶上了一辆开往巴黎的火车。实际上，我什么都没想好。我就那样毫无畏惧地坐在车厢里，看着火车向东方奔驰。一觉醒来，列车员提醒说已到巴黎。哈哈……已经到了巴黎。走出火车，一切都是那样惊异和美好。”

索德继续笑着，慢慢竟露出了一丝尴尬。

“第一次置身巴黎，完全没什么思想准备。我用很短的时间就花完了口袋里所有的钱，两个月后，我就成了一个名副其实的流浪汉。”

索德生动地把他年轻时因叛逆逃离而来巴黎的事当成一个历险故事说给小鹤听。

“如今想来，这有多么荒谬，我一直厌恶母亲对待家庭的叛逃，结果，我却跟她一个模样。

“那段生活极度拮据，你只能依赖很多无奈的方式和玩一些小手段才能挣到一些钱。我帮那些埃及、阿尔及利亚、摩洛哥人守过地摊，帮越南人刷过盘子，为了得到购买面包的几个零钱。我还加入了几个刚刚认识的街头艺人当中，与他们说好价格、表演分成，参加了几次短时演出。房子可以不作考虑，地铁过道、墙角，随便哪里，我都可以待在那里过个夜。所幸，没人过来注意我、在乎我。我躺在那里想，他们一定会认为这只不过是一个喝醉了酒的酒鬼罢了。有时，有些人会盯着我看。我从他们眼神里猜测出他们当时的想法后，故意装作酒鬼或者失意者，让他们确信自己的判断是正确的。我想，这样，他们才会安心、不再关注地离开。只是，他们身旁的那些狗，总不会那么轻易就放过你，它们尽可能地接近你，冲到你面前，对着你不停地叫……直到它在你面前，跷起后腿，留下一泡屎，它们才肯罢休。才会离开。

“那些狗真叫我厌烦……哈哈，真是厌烦透顶。”索德边说，边快乐而又无奈地大笑着，“那时候，唯有食物是你必须思考的。”索德抿了一口酒，又说道，“你首先要考虑到它们，这个十分确定。”

索德继续笑着，吃了一口面包，又递了一块干红肠给小鹤。小鹤接过，细细品尝，静静倾听索德说话。

“啊哈，美丽的中国女孩儿，还是来看看我的作品吧，余下的故事，以后慢慢说给你听。一次性说完了，我就没有再次见到你的借口了。”

索德站起身去拉小鹤。

小鹤站起身，被索德一拉，很自然地偎到了索德的怀里，索德拥着小鹤走进了屋内。

索德从墙角和多个包装箱里，翻出他的作品展示给小鹤看。

索德的画很明朗，主题色调是以纯净的天蓝和钛白或锌白构成，颜色深处有灰、黑、明黄和星点红色。画的主题不受限制，有古旧的坛子、飞鸟、村庄或人物。排列在墙边的，大约有二十多幅。还有三幅尚未完成，两幅挂在墙上，另一幅陈列在画架上。画架跟索德的人一样干干净净的。

“这三幅完成，就可以举办一个个展了。”小鹤说。

“现如今，我对展览和能否卖画并不太感兴趣，我热爱的是绘画本身。完成它的过程，能给我带来愉悦和美好的享受，这是我最看重的。置身其中，我能感受到生命的力量，仅此而已！”索德说。

他逐渐陷入了他自己的思维里，独自思考起来。

“请不要太担心，目前，我的生活已不构成威胁。”

索德跑进一个小房间，从里面又搬出一只小箱子，他从里面取出很多素描纸和卡纸，拿给小鹤欣赏。都是他的铅笔素描稿、钢笔涂鸦和一些图纸。索德告诉小鹤，平时创作之余，他还帮几个建筑公司做一些建筑设计方案，由一个朋友介绍给他的活儿，这些暂时能够保证他的所有生活需要，但他总想立刻终止这样的工作，他在这份工作中丝毫没有感觉到愉悦，仅仅是为了生存。

小鹤倒是非常惊讶他的那些建筑设计方案。她认为他凭这些设计图纸，就已展现了他在建筑方面的才华和能力。

“那次不成功的流浪，回到里昂后，在父亲的强烈请求下，我读了美术学院。可我真正感兴趣的并不是美术，也不是设计，你绝对想不到会是什么？”

“什么？”小鹤想让索德直接告诉她答案。

“答案在这里。”

索德从沙发背后拖出一个大箱子，打开给小鹤看。

“啊，丝绸。”小鹤惊异地叫出声。

箱子里是一堆长短不一，卷成细卷的丝绸。索德把它们全都捧了出来，逐一展开给小鹤看，问了她很多关于中国丝绸的事，小鹤根本回答不上来。

“这些都是中国的？”小鹤问他。

“不，不，里昂的。”索德说，“但是它的根在中国。它们都由里昂的天然蚕丝织成。目前这种丝绸在里昂已很难找到。”索德向小鹤慢慢讲述道。

索德说起了法国蚕茧丝绸业的发展和渊源，他从中国的丝绸之路说起，从13世纪开始，说到丝绸给法国机械制造业的发展带来的巨大影响，等等。

所有这些，小鹤都深感惊讶。

“仔细看看，这些画与别人的画作有什么不同。”索德指着那几幅还未完成的画，提醒小鹤。

小鹤靠近些，仔细观察起那几幅画，尤其是画架上的那一幅。她突然才发现，原来那些油彩颜料下面覆盖的，不是普通的亚麻布，也不是帆布、棉布，而是丝绸。她感到太不可思议了。

“天呐！它们不会破吗？”

由于父亲也是一个画家，父亲身边的朋友又大多都与绘画有关，从小在艺术家庭氛围里熏陶，小鹤对绘画不算太陌生，还是略懂一些的。

“不会。我在这些丝绸上做了一些特殊处理。”索德说，“是的。在丝绸上创作油画比较困难，由于丝绸的质地柔软、细薄、润滑，又容易破，不易保存，并且有可能还会漏油。所以，想在丝绸上使用油彩，处理起来比较不易，但还是有办法的。如果改换成丙烯作画，自然容易很多，但它不是我想要的，我只想尝试油彩，让画完油彩的画作看上去与丝绸一样细腻、润滑。”

“你使用了动物胶？”小鹤仔细查看后，问他。

“不仅仅。”索德说，“还使用了一些其他方法，处理过程比较复杂，一时半会儿也说不清。不过，很早之前，就有一些油画家在帛绢上作过一些尝试，效果一直都没达到我这样。”

索德又一一向小鹤介绍他的作品。他说等试验成功，他会把他的想法、他的思考，全部展现在丝绸上，包括中国的丝绸上。

对索德了解得越多，小鹤越能够感觉到索德的与众不同，尤其是他敢于尝试的创新精神和他独特的奇思妙想。

在“白色的圆房子”里待了一下午，给小鹤带来了完全意想不到的惊喜和收获。

傍晚，索德又开车载着王小鹤到镇子里他的另几个朋友那儿转了转，其中有两个朋友的家被称为“简单的木房子”，全部是用木料简易搭建而成，没经过任何修饰，却别具一格。那些朋友告诉小鹤，都是索德帮他们设计的。

整个下午，他们都轻松地聊天，欢快地笑着。听音乐、喝着酒。

小鹤爱上了这里。每个月末休息时，她都要来这里看索德跟他的朋友们画画、聚会，或者随意聊天，他们一起共度闲暇时光。

# 第三十章　他们在巴黎“白色的圆房子”里疯狂地吻着

小鹤在巴黎，除了方大海一家跟她走得比较近，她还有一个同学，叫李斌，也在巴黎。李斌跟小鹤中学时就是同学，一起从北京考去蝉城读书，现今又一起来到巴黎留学。

在国内时，李斌对小鹤一直都很照顾，经常帮小鹤处理一些学业和生活上比较棘手的问题。后来，李斌知道小鹤与林一尘正在交往，他就断了某些念想，把小鹤真正当成了妹妹。

李斌与小鹤留学的不是同一所学校，他偶尔会乘坐地铁来看望小鹤。

李斌过来时，小鹤会陪他一起去咖啡馆，去酒吧坐坐。更多时候，他们一起去逛街，购买一些生活用品。

方玲有时也过来找她。所以，小鹤在巴黎平时过得并不寂寞。自从与索德相识后，小鹤就减少与李斌、方玲联系了。

不知道是因为索德对中国文化深厚的了解和理解，还是因为索德对于绘画不一样的要求，小鹤觉得索德确实非常优秀。尤其是经常去观摩索德的那个“白色的圆房子”后，索德对于小鹤来说有一股莫名的吸引力。

每逢休息日，小鹤都忍不住打电话给索德，想去看他。

有一天，索德告诉小鹤，有一件事，他确实很想请她帮一个忙。

小鹤说她当然乐意，她请索德说清楚一些。

索德就诚实地告诉她，有个叫丽莎的女孩儿，一直非常喜欢他，但他总觉得自己接受不了她的爱，对于丽莎的猛力追求和强烈的占有欲，他感到压迫和恐惧，避之不及。所以，他想请小鹤方便时，可否冒充一下他的女朋友。

小鹤见索德说得苦恼及真诚，便一口答应了。

事后，有一刻钟，小鹤为自己这么爽快就答应了索德这样的要求而暗自惊讶了很久。

年中长假时，索德约小鹤来他的“圆房子”。小鹤到了不久，那个叫丽莎的法国女孩儿也来了。行完碰面礼后，索德与小鹤表现得异常亲热。丽莎看在眼里，气在心上，实在承受不住时，她生气地走了。临走时，丽莎气恼地砸坏了索德靠在墙上的那幅正在创作中的画作。丽莎大声地辱骂索德，甚至扬言要报复小鹤。

小鹤十分紧张，索德也觉出自己已经闯了祸，他赶紧与父亲联系，决定带小鹤去里昂待一段时间。他想，等丽莎情绪平定后，一切都会好起来的。

小鹤跟随索德去了里昂。

他们一起见了索德所有的家人、亲戚和朋友，甚至索德儿时的伙伴。他们都把小鹤当成了索德的女朋友来对待。小鹤深深感受到了法国人热情好客的优雅及随时随地的浪漫。这使小鹤完全沉醉在法国人地地道道法式生活的氛围里。

索德的母亲与父亲似乎并不亲密。小鹤顾自猜想，这可能跟索德母亲年轻时的叛离有关。

时间长了，小鹤发现，虽然索德的父亲与母亲还生活在一起，但他们分别都拥有各自的情人。但他们互不干涉，生活过得也十分简单、愉悦。

里昂城区的房屋都是红色的，整个城市像座红色的城堡。

"这就是为什么我的画作里很少拥有红色的缘故。"索德说。

"我尽量想，把这种从儿时就已熟悉的热烈的颜色范围最大化地缩小，力图从记忆里清除。必要时，我会让它成为点睛之笔。"

"我对红色，从小就有疲惫感。所以，我的性格似乎更倾向于冷色。"

小鹤被索德的自我陶醉迷醉了。

他们俩在里昂大约待了半个月，然后又回到巴黎。他们回到索德"白色的圆房子"里。

这次回来后，索德与小鹤的感觉与之前完全不同，他们相爱了。

回来后，他们在"白色的圆房子"里疯狂地吻着。

索德说，小鹤是他交往的第一个地地道道的中国女孩儿。他之前认识过一个韩国女孩儿，还认识一个中国台湾地区的女孩子，但都不如小鹤。

接下来的一周里，他们什么地方都不去，只在画室里待着。索德画画，小鹤听音乐、读书。

假期就这么惬意地过去了。

假期小鹤没有回国，林一尘从国内给小鹤打来电话，问她春节回不回国。

小鹤说，春节，她不准备回去了，一是感觉来回奔波，有些辛苦，二是春节期间，看样子，学业会比较繁重。

林一尘说："哦，那你千万要好好照顾自己。"

小鹤去巴黎后，国内，林一尘在蝉城没再继续写作。自从蝉城那几年轰轰烈烈的文学运动，余热延续了几年后，因生活和工作的需要，又因年岁渐长，参与文学运动的人，大家都作鸟兽散了。有几人在蝉城或者回别的城市结婚、生子或离婚、再婚，还有几个出了国，他们与国外的一些结构合作，搞起了文化交流和艺术策展。

几个年轻人也随林一尘来到了北京。

因为对写作和书籍的熟悉，林一尘离开他工作的杂志，改做了出版，自己学着做图书选题策划。

林一尘的性格倔强、骄傲，他不想随波逐流，依然坚持文学梦想，又因小鹤去了法国读书，出版方向上，林一尘尽量想把法国的优秀文艺作品介绍到国内来。

## 第三十一章　留学生活很容易让人在跨国情人和本国恋人之间荡着秋千

春节前夕，小鹤放假两周，小鹤的父母强烈要求她回国过春节。小鹤无奈，只好订了回国的机票。订好机票后，她也将此事通过电子邮件告诉给了林一尘。

回国期间，林一尘与小鹤在北京相见，共度了几日美好时光。

他们一起约见了一些曾经相识的朋友，跟大家一起吃饭、喝茶、聊天和逛街。小鹤把她在巴黎的平日见闻、时尚又新奇的观念、现代艺术潮流、各种有意思的趣闻以及法国人的化妆品、饮食习惯等，都与林一尘及他们的朋友愉悦地进行了分享。

他们谈到法国的地铁，谈到法国节假日怎么休息，每年的七八月份，法国人怎么去度假，谈到法国人的示威游行，谈到法国女人怎样抽烟，谈到法国的花店，谈到法国的面包、咖啡、奶酪、冰激凌……谈的更多的自然还是法国的葡萄酒，继而又谈到关税，谈到中法两国的饮食对比，等等。

其间，针对林一尘的兴趣，小鹤更把法国的百年老牌书店和法国一些当代新锐作家、艺术家的作品情况也向林一尘一一介绍。

差不多一年多未见，林一尘感觉小鹤目前已完全将巴黎的气息溶进了她的骨髓、细胞和血液里了。他对这种气息感觉有些陌生，但同时又觉得，这也没什么不好。他想，这样，小鹤在巴黎学习和生活才会更容易一些。

多时不见的相处中，小鹤感觉林一尘变化还是有些大，在她各种介绍和叙述时，林一尘更多的是委婉、彬彬有礼和耐心地倾听。

那几日相处，林一尘既像小鹤的恋人，又像小鹤的兄长、老朋友那样熟悉。多种感觉掺杂其中，小鹤一时半会儿怎么也分不清到底哪种情感更重一些。反正，林一尘给她的感受与索德给她的感觉不太一样。之前，在蝉城时，年幼的她对林一尘是征服和不服输。当初在蝉城那种热热闹闹的氛围中，林一尘是那么的骄傲和从不屈服。而现在，她竟突然意识到自己已在慢慢长大、成熟，视界和生活范围也越来越宽、越来越大、越来越远。

小鹤与林一尘在平日交流时的相互凝视中，她觉得自己对他，更多的是了解和依恋。

小鹤与林一尘相处中，小鹤并没提及她与索德的相识，她只简简单单提起法国的画家是怎样的一种创作状态，跟国内的绘画工作者有什么不同。当然，这些情况，她同时也与她的父母交流过。譬如，小鹤说法国很多画家都在自己家里画画，根本没太多人拥有像我们这么大的个人工作室，法国的画家，部分人能申请到少许政府补贴等。

小鹤也提到了方玲，她更多的是提起方玲。提起她们常去哪里逛书店，去哪里喝咖啡。林一尘只是陌生地听着那些诸多书籍和画册中经常描绘的地点和名称。

小鹤告诉林一尘，方大海夫妇和方玲在巴黎给她提供了很多帮助和方便。通过他们一家，她在巴黎，才认识了一些方大海在法国美术界以及报刊媒体界的那些朋友。

林一尘为小鹤很快就适应了新环境、新生活表示祝贺。

小鹤也十分感谢他，小鹤的父亲也盛邀林一尘到他们家来做客。

短暂的假期很快就结束了，小鹤又重新回到了巴黎。离开时，林一尘将小鹤送去了机场。

小鹤回到巴黎后，短暂的学习，使她又逐渐适应了没有林一尘关心和照顾的生活，她还是忍不住又想起了索德。

小鹤与索德联系，去他“白色的圆房子”共度周日。

有时，小鹤自己坐地铁去；有时，索德开车来接她。

有课时，小鹤又回学校学习。

她刚回巴黎时，林一尘给她打过两次电话，后来逐渐转变成电子邮件联系。

小鹤与索德的关系也并非一帆风顺，与索德相处时间长了，小鹤才慢慢感知到她并没能完全进入索德的内心。尤其是她无意中在索德房间床底箱子里看到了一幅女子肖像画之后，她才开始了解到索德在十七岁那年流浪时遇见史拉的故事。

小鹤把那幅画从箱子里翻出来，盯着画上的女子看了很久。

索德见小鹤看什么画看得十分出神，微笑着从室外走进来。

“上帝！这是我的真爱！”索德赶紧上前扶住那幅画说，他的动作有些大，差点儿挤倒了小鹤。

索德的举止令小鹤很惊讶。

“她是谁？”小鹤问索德。

索德没说话，他俯下身，深情又仔细地端详起这幅画。

“这么美！她是谁？”小鹤继续问索德。

“史拉，我只知道她叫史拉。”索德无比遗憾和失落地说，“上帝！她差不多有五六年没见到阳光了。”

小鹤很少见索德这么在意过一幅画，也没见过他如此深情的样子。

“那么，史拉又是谁？”小鹤迷惑地问他。

“我十七岁时第一次来巴黎时认识一个女孩儿，她曾经帮助过我很多。”索德说着，用手掌轻轻拂去画面上“史拉”脸上的灰尘，轻轻地抚摸画中女孩儿的眉头、鼻尖、口唇和耳朵，还有脖子上那个小挂坠。

索德抚摸着画中人如痴如醉的一幕，让小鹤看得很吃惊。

小鹤当下想，画中这个女孩儿与索德曾经肯定有过一段非常不寻常的经历，但她只是内心猜测。

“现在，她在哪儿？”她警觉地问索德。

“不知道。谁也不知道，差不多十年没有她的任何消息了。”索德又十分苦涩地摇了摇头。

小鹤倒是心定下来。

之后，索德并不把那幅画再收藏起来，而是挪走其他画，将它挂在了画室正墙的中央。

窗外的阳光零零散散地照在画面上，照在画中史拉浅笑的脸上，史拉的美丽、青春和浪漫气息直渗进整个房间的空气中。

刚开始小鹤很被这种气息打动，可能更多的，她是为索德的绘画技能所征服。她也钦佩地观赏着这幅画。

可随后几日，索德对此画的珍爱，已完全激起了小鹤的不平和愤怒，尤其是当她在搬离一个梯子时，不小心将梯子的左上角碰到那幅画的右边角时，索德听见声响跑进来一看，他着急得几乎快疯了。

“上帝！你疯了吗？”索德大叫着。

他赶紧上前把梯子拂开，扔到了一边。他的力气使得很大，把小鹤也同时扔到了一边，小鹤侧身摔倒在了地上。

“天呐！你是疯了吗？你是疯了吗？”

索德根本没顾小鹤，他一边不断地指责她，一边拿抹布去擦画，察看画面有没有受损。

小鹤慢慢爬起身子，她在倒地时，右膝盖被摔痛了，脚踝也被扭了。她轻轻揉了揉右胳膊肘，扶住椅子站直身体。

“我不是故意的。”小鹤满脸通红地说。

但索德不听小鹤解释，他仍旧仔细地察看着画。比对着多种颜料的颜色，希望能将刚刚被磨损掉的一点点颜色轻轻补上。

索德的不加理睬，令小鹤非常难受。她走出屋子，站在阳台上，大口大口地呼吸着空气。希望以此来平复她此时异常愤怒的情绪。

索德弄完了一切，小鹤以为索德会原谅她的不小心，会走过来找她、安慰她，请求她的原谅。但索德没有，他一直站在那幅画前面，表情伤心、绝望地看着。

小鹤完全承受不住了。她突然想到与索德刚交往之前，丽莎是怎样毁坏索德画的，但她竭力克制住了。她压住冲去毁坏那幅画的冲动，伤心地拿起自己的背包和外套，离开了索德“白色的圆房子”。

# 第三十二章　无法根除的异国文化根基

这是小鹤与索德第一次闹矛盾。

小鹤回到学校继续学习。有天，李斌跑来找小鹤玩，他们一起去爬山，坐船游玩塞纳河，一起去集市购买衣物和食品。小鹤心情变好了很多。

累了，他们又寻个咖啡馆坐下来休息、聊天。

小鹤问李斌最近过得怎么样？

李斌说生活和学业上一直按部就班。不过，感情方面经历了几番周折。接着，李斌直言告诉小鹤，这几年，他连续谈了两个女朋友，一个德国女孩儿，一个地地道道的法国姑娘，目前都已分了手。

“最后，突然醒悟，我还是无法进入外国女孩儿的内心世界。”李斌说，“刚开始，我认为可能是每个人性格不一样，男女思考问题和对待问题的方式及思维逻辑原本就不同。但惨痛失败后，反复思考，我才意识到，问题还是出在文化根源上。

“毕竟刚开始，我们都因好奇，相互吸引，彼此相爱的。如果文化底蕴相同，即使平时闹一点儿小矛盾、不开心，因某些观念维系，我们还是能相处下去，能应付得了，可实际情况并不是这样。

“从小经受的文化熏陶、成长的环境氛围不一样，最初的好奇和激情过后，等慢慢熟识，相处的距离越来越近时，问题才慢慢浮出水面，渐渐清晰起来，从而交流逐渐变得异常艰难。两个人的内心始终无法融合，总是隔着那么一道隐形的无法逾越的墙。实在苦不堪言。我觉得我们中国人的逻辑思维非常紧密，小心翼翼，是完全线性的数学式的思考方法，而西方人几乎都是物理式的思考方法。这种文化交流障碍的根基是学域性的问题，如果我们不能足够清晰地意识到这些问题的根源所在，就完全没办法去交流和沟通。”

李斌说话挺激动的，面露苦涩。等他全部说完，又晃了晃脑袋和肩头，有种“还好，现今终于想明白了”的轻松感。

小鹤认真听着，偶尔会暗自联想到她自己——她与索德之间的相处，但她没将心事告诉李斌。

随后几天，方玲也来找小鹤，小鹤同时又邀请李斌过来，他们一起逛街、出游，并且小鹤也有意促成方玲和李斌成为情侣。

三人坐下来休息时，方玲告诉小鹤，她爸爸最近预备在巴黎举办一个大型的中国国画家的作品联展，他们正力邀小鹤的父亲来参展。不仅如此，方玲说方大海还希望小鹤能帮着劝说她父亲，以他在中国绘画界的影响力和官方职权，同时劝说其他几位优秀的画家加入。

小鹤自然满口答应。

闲聊中，方玲也说到了索德。她说她父母一直赞扬索德追求艺术完美的个性，以及他在丝绸上进行油画创作探索的艰辛和不易，还有他暂时取得的绘画界的认同及初步成功。

“现今，这样努力的年轻人已经很少了。”方玲说。

关于索德的情况，李斌想请方玲说的更多一些。方玲说，除此之外，她只听索德的朋友们说，十年前，索德曾有过一段极其刻骨铭心的真爱，那时，他差不多才十七八岁。

于是，小鹤仔细、认真地听着方玲详细地叙述着。

# 第三十三章　巴黎让索德成了乞丐又成了王子

巴黎到底是个什么样的城市呢？没有去过巴黎的人，只知道它是个性感、文艺的浪漫之都，满眼的画廊、咖啡馆、街头艺术家、红酒、奶酪、海鲜、白兰地、威士忌、面包，以及洁净的街道、宏伟古旧而密集的建筑、潺潺细流的塞纳河水……

所有一切都在提醒你，这是在巴黎。

很多人都认为，巴黎是值得人享受一生，并终其一生的城市。

电视上都是这么播放的，杂志和书籍上也是这么介绍的。索德没来巴黎之前，也是这么以为的。即使他从里昂偷偷跑出来，坐上了去往巴黎的火车，车上的播音员和手中能取来的书报，也是这么描述这个他正在前往的城市——巴黎。

这时，他还未满十八岁，但他已经觉得等不及了，平时积攒了许许多多的向往，已不能再让他继续熬下去。他必须出门，好不容易等到一个父母不在意他的机会，他独自一人，偷偷乘上开往巴黎的火车，去往这座他梦中无数次闪现的城市。

可是，随身带来的钱，两个月不到，他就花完了。到第三个月时，他就完完全全成了一个流浪汉。

后来，他真的身无分文。空腹了几天后，他在巴黎街头的一个纸盒子里寻到了一个暂时的寄宿之地，很显然他是占据了别人——另一个流浪汉的居所。当天晚上，他被那个流浪汉发现后，流浪汉狠狠地用木棍砸那个纸盒，将他掀翻。那个流浪汉又喝了很多酒。

索德无奈，只得从纸盒子里爬了出来，他的头部和腿部都受了伤。他没想到，那个流浪汉还找来了他的另外两个伙伴。

索德与流浪汉争执、推搡一番后，他跌跌撞撞地离开了。

索德没有任何去处，他的头、胳膊和腿全都受了伤，血一直还在往外流着。疼痛令他跌坐在一家咖啡馆门口。这里有灯光，也温暖一些。

索德只能在那里瘫卧下来。

这时，一个姑娘从里面走了出来，她应该是里面的女侍应。她认为他是个流浪汉，出来施舍给他一杯即将冷却的咖啡，她原本想把那杯咖啡倒掉的。

索德伸出手，非常感谢她。她见索德很年轻，又看到了他受伤的伤口。于是，跑进门去看了看挂钟，已近下班时间，她赶紧换掉衣服，跟同事们打完招呼，就将索德扶了起来。

她想，她必须帮他找个诊所，将伤口包扎起来。她就扶着索德去了附近最近的一处诊所。

等索德的伤口全都包扎完后，她才发现，原来索德还算是个非常漂亮的稚气未脱的小男生。

她扶着他出了诊所后，她把他带到了她的住处。她在铁路附近租了一间公寓。深夜了，还可以间断地听到火车碾过铁轨“哐当、哐当”渐行渐远的声音。

她的房间不大，里面除去一些生活用品外，只有一个衣橱、一张放着水杯、饭盒和放满书籍的桌子以及一张简易床和一个旧沙发。她把旧沙发拆开，又把垫子抽出来，在上面铺上棉被，给索德当成了床。

直到第二天中午，索德才真正清醒过来。

她从外面进来，给索德带来一些食物。她告诉索德，她叫史拉，今年刚满二十一岁。她正在艾斯蒙德服装设计学院读服装设计。她是课余时间在咖啡馆打点零工，所以昨晚她才发现了他。

史拉说，她是一个人在巴黎。其他，她没有说太多。

史拉喜欢穿水洗布的低腰牛仔裤，上身套一件宽松的低领无袖的灰色亚麻汗衫，运动鞋。整个人显得非常干净利索。她有法国女郎最美丽、最生动、精致的长型小脸庞，蓝色的眼睛，坚挺的鼻梁，丰满的红唇和褐色头发。出去时，史拉会把头发轻松随意地在脑后打个髻，左眼角边总有几簇头发蓬松、凌乱地不经意滑落下来。

史拉出去时，索德就在屋子里养伤。他住在这里很安心，也很安全。断断续续地总有火车在公寓附近开过。

史拉白天上课，下课后她就去咖啡馆打三个小时的零工。很晚才回来，回来时，她会给索德带回一些面包、奶酪、香肠、水果，也会带回来一些酒和烟。周日史拉休息，哪里都不去。她睡到中午起床，然后跟索德一起坐在窗户边的沙发垫上抽烟。

他们认识后的第一个周日，索德才真正看清楚了史拉。中午醒来，他们坐在狭小的窗户里透进来的一缕阳光里抽烟时，索德能清晰地看到史拉右眼角下淡淡的几粒褐色雀斑，也能看到她雪白、细长的脖子上一层细绒般的汗毛在那一缕阳光里闪着柔和的光。

这时刻，史拉异常恬静。史拉的身上散发着淡淡的香味，不是任何一款香水的味道，而是咖啡和少女的甜香。

在索德眼里，史拉自立、性感又成熟，浑身散发着迷人的气息。

史拉大多时候，不怎么说话，这让索德不敢贸然接近，但他非常感激她的收留。

两周后，索德的伤好得差不多了，史拉竟没有要求索德离开，也不问他任何事情。在第二个周末，索德主动把自己的身世以及贸然逃离的事说给史拉听。

“有什么关系？谁都这样想过。”史拉安慰他说，“你不能老在屋子里这么憋闷地待着，你得出去走走。”

她邀请索德一起出游，索德非常开心，这使索德不再像个流浪汉。史拉把他打扮得干净整洁，帮他换上了新牛仔裤和衬衫。

他们一起去卢浮宫，一起去埃菲尔铁塔，一起去塞纳河坐游轮。索德感觉巴黎的阳光从来没有过的明媚、灿烂，和他没来巴黎时，想象的一个样。

下午他们又去左岸喝咖啡，有几个青年男女认识史拉，史拉热情地上前跟他们拥抱，打招呼，史拉介绍索德给他们认识。

“我的朋友索德。”史拉说。

索德异常开心，从来没有过的愉悦。他像个稚气未脱的孩子，上前跟他们握手、拥抱，或行碰面礼。

整整一天，索德都觉得自己像个王子。这天是他出逃后最快乐的日子，仿佛这次出逃就是为了这一刻而来。此时的情景正是他梦中时常出现的。

晚上，史拉带索德去多姆咖啡馆，他们点纯手工制作的咖啡和冰激凌，吃海鲜。与侍应聊曾钟爱这里、并在这里逗留过的诸多画家、作家的轶事。

“看那张，是海明威。”史拉指着一张照片，告诉索德。

“我认识毕加索！”索德看完那张照片，又看向另一张，欢快地说，“天哪，简直像个梦！”

索德忍不住，不由自主地感叹。

“你说什么？什么梦？”史拉没听明白，问他。

“哦。没什么……”

索德开心地笑着，离开桌子，去仔细看墙上，椅背上那一张张名人的照片，他欢快地觉得自己也像个明星。

史拉也一直朝他笑。

那天史拉花完了她三个月打零工挣来的所有薪水。回到家，史拉才告诉索德，今天是她的生日。索德听后，十分吃惊，他充满了歉意和不知所措。

“还有三周，我就要毕业了。”史拉说。

“那么，仅仅是毕业而已，是吗？”索德问史拉。

“不，不仅仅是毕业，我可能会去意大利，已递交了申请，我会去那儿开展新一轮的学习。”史拉告诉他。

“意大利？哦，为什么不能继续留在巴黎？”索德感到非常失望。

“学完后，也许还会回来，但现在还不十分确定，谁也不知道将来会怎样！”史拉说。

“意大利并不太远，我们还会经常见面，是不是？”

索德想到自己出来流浪的勇气，他不会畏惧任何距离。

“也许。”

史拉眨了眨眼睛说，史拉的睫毛扇动时，已根本无须她说话，她的眼睛可以告诉你一切。

“我们还会再见。一定，一定会的。”索德非常肯定地说。

索德根本不知道自己当时为什么会那么确定。

“史拉，亲爱的，请听我说，我爱你。”

索德情不自禁靠近史拉，他感觉史拉马上就要离开他去意大利了似的。

史拉拥抱住索德，他们热烈地吻着。

接下来三周，索德与史拉完全处在热恋之中，这是索德外出后，最幸福、最狂热的一次恋爱。

三周后，史拉不得不走，索德只好离开巴黎，他想他也应该回家了。他们在一个周日的中午告别，索德给史拉留了他在里昂的地址。他反复叮嘱史拉要给他写信。史拉答应他，她发誓她一定会给他写信。临别时，索德将爷爷给他挂在脖子上的“如意符”送给了史拉。

索德回到里昂后，父母并没太责怪他，他们原谅了他，尤其是父亲，反倒觉得儿子这个时候冒险出逃，出去多经历一些还是有必要的。虽然母亲对儿子的出脱，面露不屑。

休息了半年后，父亲安排他报考了美术学院。在这半年内，索德每周都能够收到史拉的信件。直到他读了美术学院一年，断断续续地还能收到史拉的信，史拉讲述她到意大利后的所见所闻，以及对于时装设计理念新的理解和认知，等等。史拉还给索德寄来两张她在威尼斯游玩时的照片。

照片中的史拉笑得阳光灿烂，脸上泛着威尼斯河水的粼光。

索德每天晚上都把照片翻出来看。他太爱她了，他告诉史拉，他一毕业就会去意大利找她。

可是，一年后，史拉彻底终止了与索德的通信，索德给史拉写了很多封信，史拉都没有回。后来，假期，索德终于寻到了一个借口，赶到意大利去找史拉。他按信件的地址找到史拉进修的学校，学校说的确有个叫史拉的，不过，她好像退学了，理由是她不能够再承担昂贵的学费，但史拉具体去了哪里，他们并不知道。

索德回到里昂后，足有一年多没有从失恋的阴影中走出来，这使得他的母亲经常在出门时嘲笑她。他真恨她。

索德全心全意把精力放进学业里，毕业时，他画的作业，就是史拉。画中的史拉坐在窗户里透进来的一缕阳光里，坐在拆开的沙发垫上恬静地微笑着，四周散发着淡淡的烟雾。他画的史拉的眼睛生动得会说话，欲说还羞。他画出史拉左眼角处不经意飘落下的几簇凌乱的头发。他画出了史拉脖子上细细的绒毛和他送给她的“如意符”。

很多同学站在索德的画前，都惊叹他的画简直可以跟维米尔的《戴珍珠耳环的少女》一比高低。

老师也称赞不已。

最后，索德以专业课第一名的成绩毕了业。

# 第三十四章　林一尘去巴黎寻访恋人

小鹤在一旁听着方玲讲述索德的故事，暗自吃惊，同时，她又为自己在不知情的情况下与索德闹了矛盾而暗暗责备自己。

等方玲和李斌都走后，空闲时，小鹤想去找索德，但她还是忍住了没有去。

小鹤给父亲打电话，把方大海筹备画展一事告知他。父亲说，方大海已经跟他提过了，只是他觉得有无参加的必要，还在考虑中。小鹤又把这次画展的不同于以往的重要性和影响性告诉了父亲。父亲终于被她说动了心。他答应来巴黎参展，并且尽量将方大海想邀请的其他几位画家都劝说成功。

很快就到了画展的开幕时间，小鹤的父母都来到了巴黎，他们把作品带了过来。

小鹤在方大海家见到父亲和母亲，非常开心。方大海叫来了旅居法国的、他们熟悉的诸多绘画界朋友，欢聚一团。

画展开幕那天，小鹤忍不住还是给索德发去了邀请。当然，方大海夫妇也早就邀请了索德和他的朋友们。

小鹤父亲特意带来了两幅有鹤与苍松的画作，这是他在中国国画界里的代表性作品。

索德站在画作前仔细地欣赏。小鹤看见了，走上前去。

“是我。”小鹤俏皮地说。

“是，是。中国的小鹤。”索德也微笑着说。

每当索德说起中国文化时，小鹤都有种亲切感。

“也是我心中的鹤。”索德同时又幽默地说。

小鹤猛吃一惊，脸颊立刻红了，她心里明白索德所指。

那几天，小鹤一直忙碌父亲的画展事宜，索德也留在方大海及朋友家，没有离开。他们诸多人针对这次艺术展览展开了热烈的讨论，以及对目前一些艺术界奇异现象也展开了尖锐的批评和指责。

那几天，是小鹤最开心的时刻。

父亲的画展结束回国后，小鹤与索德又建立起了联系。平时小鹤在学校学习，年中长假时，她会去索德那儿，一起度过假期美好的时光。相处中，索德也把法国人的恋爱观（包括他的恋爱观）及婚姻观说给小鹤听。其实，经历与索德那一次矛盾后，她也已经差不多明白了法国男女交往的方式和观念。

除了李斌所提及的文化差异外，内心深处，小鹤始终还是觉得自己与索德之间有些说不清道不明的隔阂。小鹤为了安慰自己，她还是尽量把问题归结于文化根基上。

来巴黎五六年，作为一个女人，她已觉得自己早已经融入了巴黎，但骨子深处，她始终感觉有某些东西根本无法根除。

小鹤在巴黎读完研究生后，为了就业，同时又为了能长久地留在巴黎，她又续读了博士。最近两年，小鹤回国的次数越来越少，与国内的联系也越来越少了。

小鹤各方面的变化，林一尘慢慢地也感知到了。

他在北京生活得很清苦，也很凌乱。

平时，林一尘除了工作、必要的应酬之外，其余时间大多用于各项运动中，足球、乒乓球、网球、跑步，等等。偶尔，他也会结识一些女孩儿，但他没与任何一个女孩儿真正地进行长期的交往。毕竟，他认为他还是放不下小鹤。

等林一尘拥有了一个可以休长假的机会，他提议想来巴黎探望小鹤。小鹤突然间手脚慌乱。

但小鹤又想，跟林一尘这么多年的感情，她觉得不能拒绝他，即使算是普通朋友也不能拒绝。那样，林一尘肯定会对她失望。

小鹤赶紧安排时间。

小鹤帮林一尘安排在四五月间。小鹤考虑到：第一，不能安排在假期，因为七八月份的假，她需要跟索德一起度过；第二，安排在学习期间，能够让林一尘感受到她在巴黎学习的气氛，尤其是毕业临考前期；第三，她虽然已跟索德在一起，很多问题，目前，她还不能十分确定。

安排好国内的工作，林一尘很欣喜地前往巴黎。

为了帮林一尘节省来巴黎的费用，小鹤把林一尘安排在唐人街的一个短租房区。短租房区的环境有些简陋，凭小鹤对林一尘多年来的了解，知道林一尘不会太介意。

起初，小鹤也有她自己的担忧。她不太想让林一尘知道她在巴黎到底生活得怎样，她只想让林一尘知道，她跟每一个普通的留学生一样，在巴黎紧张又清苦地生活着。可能，凭女人的直觉，以及凭她多年来对林一尘性格的了解；她觉得，如果想获得男人真正的心灵上的爱意，你除了给他自由和宽容外，更要获得男人对你的怜爱和同情。

虽然小鹤身边已拥有了索德，虽然小鹤明明知道她正在为能永久地留居在巴黎做着各种努力和准备，虽然她早已不再确定她跟林一尘之间是否还存在爱意……但小鹤内心不想放弃这个多年前一直相爱和熟识的男人，在情感上彻底遗弃她，尤其是在灵魂深处。

这可能是女人们的通病吧。——人类社会生活，体能中处于弱势的女人，情感生活里，总想试图和不拒绝拥有更多男人对于她们怀有的念想、关注、关怀和爱。这样，能令她们感受到心身平衡及安全。尤其虚荣心强的女人，为了情感需要得到最大化满足，往往表现出的行为是逐步入侵和完全占有。——大多数女人几乎都逃脱不了这样的性别特性。

即使，这种强烈的情感索求令情感需求处于弱势的男人们很难理解。

林一尘到了巴黎后，小鹤白天去上课，傍晚和周末她陪林一尘在她的校园里闲逛，向他介绍每栋建筑物的历史及学院的具体人文背景。周末，小鹤会领林一尘去校园附近爬山，一起拍照留念。

除此之外，小鹤也领着林一尘到多处旅游景点、老牌书店、蓬皮杜等艺术区逛一逛，像对待任何一个初来巴黎的游客朋友一样。

林一尘任由小鹤按照她的计划、行程体验着巴黎多彩多姿的生活，享受着巴黎洁净的空气和塞纳河上粼光闪闪的阳光，感受着左岸咖啡馆里闲适的生活和各种浪漫的艺术气息。

逛了很多地方后，林一尘说他还是不太想只作为一个旅游观光者。小鹤理解他的意思，提议去蒙帕纳斯区的多姆咖啡馆。

多年前，索德与史拉一起去过那儿，后来，索德邀小鹤也多次选择过那里。虽然那时，小鹤还不十分清楚索德与史拉之间所发生的事。

小鹤领着林一尘坐地铁，来到了这家咖啡馆。

出了地铁，林一尘就看到他在很多书籍和图片中熟悉的“Café Le Dome”字样。在他编审出版的书籍里，这个咖啡馆的图片也曾多次出现过。

他们选择了露天的玻璃小餐厅区。

“这家咖啡店自 1898 年开始营业至今，这里曾是海明威、高更、达利、马蒂斯的据点。帕散常带他的裸体模特儿来这里。毕加索当初也常来这儿。海明威尤爱在咖啡馆里写作，《流动的盛宴》曾不止一次地提到它，书页里还有整张全景照片。当时都称这里为圆顶咖啡馆。不过，海明威那时候很穷，他去的更多的是一个叫丁香园的咖啡馆。”

小鹤向林一尘详细介绍了这家历史悠久的咖啡馆的历史和来往驻留过的名流。

“知道。我看过这些书籍和相关介绍。”林一尘说。

“海明威一边写作，一边还习惯性不停地摸着他上衣口袋里塞着的那只小兔腿，他相信那只兔腿能给他带来幸运。”

林一尘想向小鹤说明，他对这些早已十分清楚。

小鹤微笑着点点头，她明白对于文学这一块，林一尘了解的可能比她更多。

“这里有朗姆酒吗？”停了会儿，林一尘不确定地问小鹤。

“朗姆酒是海明威小说里出现最多的酒，记得他最爱那种叫圣詹姆斯的朗姆酒。”林一尘说。

“来这里，点纯手工制作的咖啡、牛角面包和海鲜的最常见，可能我是女孩子吧。”小鹤笑笑说。

“你可以要一杯朗姆酒。”小鹤又说，“现今，你喝酒多吗？”

“很少喝。”林一尘说，“烈酒几乎不沾。”林一尘说完，看了看小鹤，“最多，临睡前，偶尔喝点儿葡萄酒。”

经林一尘提醒，小鹤想起，之前，她曾强烈建议林一尘不要喝太多的中国白酒及啤酒，改饮葡萄酒比较合适，葡萄酒更适合她。

服务生来时，他们点了两杯浓缩咖啡和一份牛角面包，以及一杯林一尘选定的朗姆酒。

他们气定神闲地在这里坐了一下午。林一尘一边翻书，一边看窗外的行人川流不息，觉得内心十分安宁。

# 第三十五章　漂泊在巴黎多年，王小鹤对林一尘的求婚没有了想象和准备

林一尘在巴黎待了近一个月的时间，除了小鹤带他出去了几次，更多的时间，林一尘是在短租房附近的书店里度过的。

其间，小鹤与林一尘并未多亲近，但林一尘一直体谅着小鹤学业的繁忙。

小鹤还准备领林一尘去波尔多参观几个著名的葡萄酒酒庄，在她做好准备工作时，没想到索德竟急急忙忙来找她。

索德极少来学校找她，但这回索德好像很着急。小鹤将计划取消去见索德了。

索德说，他改变主意了，他想他还是需要举办一次个人画展。这么多年来，索德一直专心画画，之前，他一直反对参与和举办画展，如今，不知什么原因，他竟改变了主意。

这令小鹤不解，又很欣喜。

小鹤说很好，她很高兴听到这样的消息。

索德说，他来巴黎已与方大海谈过这事儿了，方大海已答应帮忙。另外，方大海告诉他，让他来托小鹤帮忙邀请几位他们学院的知名教授帮忙写些相关评论什么的。

小鹤说没问题。

索德走后，小鹤内心里不由得反复比较了一下索德与林一尘。倏然间，小鹤想到还在短租房里等他去当向导的林一尘，竟非常烦躁不安起来。

直到傍晚，小鹤还是去看望林一尘了。看完他后，小鹤借口学校有事，就匆忙离开了。

国内公司把很多情况按时通过短信、邮件等方式反映给林一尘，他旅游签证一个月的期限也将用完，他买了回北京的机票。订完票后，林一尘电话告诉了小鹤。

小鹤长长地吁了一口气。

离开巴黎前，林一尘问小鹤学业结束后有什么想法。小鹤说，还有两个月时间，她目前最关心的是毕业论文，其他等毕了业再说。

回到了国内，林一尘把工作上的事情处理完后，买了一些礼物，去看望小鹤的父母，并把小鹤委托他带回国的部分东西捎过去。

见了小鹤的父母，林一尘表明心意，说毕竟与小鹤有近八九年的感情，很想等小鹤毕业后，把婚事办了。

“这个，我们做不了主。”小鹤父亲说。

“意见都得听小鹤的。”小鹤母亲也这么说。

林一尘说：“好吧。那他回去征求一下小鹤的意见。”

当天晚上，小鹤母亲给小鹤打电话，把林一尘的来意告诉给小鹤。因为父亲从方大海那儿隐约得知小鹤似乎在跟索德交往的事。父亲不确定，一定要母亲问清楚小鹤。

小鹤听了母亲的电话，不知如何是好，她承认了自己跟索德的关系。

母亲问小鹤毕业后怎么办，小鹤说她在巴黎已待了六年多，她早已熟悉和习惯了巴黎，她还是想尽量能留在巴黎。

“那你必须拒绝林一尘，这样的两地分居，始终不成事。”母亲说。

“另外，林一尘与你年龄相差十多岁，他处处又不如你，不管是学历还是家庭背景。我跟你父亲从心底里还是不愿赞成。”母亲也向小鹤表明他们的意见。

“我自己处理吧。”小鹤说。她没想到林一尘会去他们家提亲，突然惊慌起来。

挂了母亲的电话，小鹤又作了很多方面的比较，她觉得自己跟林一尘已有六年多不在一起了，六年的成长隔阂，她自己也不确定假使真正与林一尘生活在一起，将是什么样子。尤其是这些年成长背景的差异。

她正思考着，林一尘打来了电话，他先是问候了小鹤最近怎么样。

小鹤说她还是老样子。

林一尘告诉她，今天他把从巴黎带回的东西送给她父母了。另外还说，他很想把他们两人的婚事确定下来，恋爱了这么久，你又即将毕业，该有个结果了。

小鹤惊慌过后，又变得十分犹豫。

“让我再想想。”她说，“其实我并不渴望刚毕业就结婚，多年漂泊不定的生活早已使我对婚姻生活没有了任何想象和准备。”

小鹤本想直接拒绝林一尘，但又担心那样会伤害他，或者，她自己原本不太想就这样彻底失去他。到底什么感受，她自己也很难说清。她突然无法抉择。关键，还有索德。她也根本不知道索德是怎么想的。她需要去找索德谈一谈。之后，她才能做出决定。

小鹤的每一句话都如针，刺在林一尘的心上。林一尘等待和隐忍了小鹤赴法留学这么多年，让他做出表明心意的想法，确实已不容易。

他想到最初他以为自己根本不爱小鹤。那时，在蝉城，他一直很风光，小鹤只不过是他众多仰慕者中的一位。小鹤赴法留学那天，他送她，回来后，他失魂落魄，无法入眠，一夜写成轰动蝉城的名篇小说，他才清楚他对她还是深有爱恋的。另外，六七年过去了，他结识和短期交往过的女孩儿，没有一个能真正取代小鹤在他心里的位置，小鹤漫不经心的神态和在艺术、文化方面的修养及学识，还有殷实的家庭背景……再说，历经这么久的时间，那些女孩儿如今几乎都早已有了自己的归宿，只有他与小鹤一直还在孤零零地跨国漂着。

林一尘六七年来的生活方式几乎没有一处不受小鹤的影响。从饮食、装束、兴趣爱好、日常生活习惯等方面，平时，他自己尝试着各种改变，努力与小鹤接近。

可如今，他想对小鹤承担起责任时，小鹤还是一贯的漫不经心。这让他一时半会儿无法理解。按照他的猜想，小鹤应该会欣喜应承的。

结果，却完全出乎他的意料。

林一尘真的无法理解小鹤的真实想法，越是不能理解，他越想知道。

随后几天，林一尘忍不住还是又追问了小鹤，小鹤总是找很多理由作为延缓的借口。

难以接受，但骄傲的心理使林一尘立刻做出决定：既然小鹤不愿意与他确定关系，那么还是如以往那样，做要好的普通朋友好了。反正，这样的状况，很多年都已过来了。

当这个决定做出后，林一尘的内心竟无限伤感起来。

# 第三十六章　王小鹤与索德的爱情遭遇了十年后的史拉再现

林一尘提出结婚的事让小鹤烦躁不安了很长时间，她取舍难定，几乎变得神经质。

小鹤跟林一尘早已是亲人，情感世界里相互依赖，很有默契，是与谁都不能相比的，尤其是这么多年来，林一尘对小鹤情感的宽容。但小鹤似乎更熟悉和依恋巴黎。是的，学成毕业后，她会继续留在巴黎，留在巴黎工作和生活。既然如此，有所得，必有所失……

暑假很快就到了，小鹤也很顺利地毕了业。

小鹤除了忙碌毕业事宜，还一直为索德的画展忙碌。索德的画展安排在八月中旬。

画展开幕那天，整个巴黎绘画界都被索德的画所震惊，索德所擅长的技法、提出的观念、色彩的和谐使用，尤其是索德所采用的画布是丝绸，对丝绸进行特殊处理的方法、探索等，在巴黎艺术界引起了一些轰动，尤其是在巴黎的华人艺术圈中。

巴黎很多报刊和媒体，以及绘画界的评论家，都对索德的画进行了很高的评价。索德那幅“二十一岁的史拉”也同时展出了，作为唯一一幅人物肖像画，挂在整个展厅的正中央，尤其显眼——这幅画，像整个展厅的监督人和看护者。

令索德和小鹤都意想不到的是，画展第十天，展厅竟来了一位神秘之客，她戴着一副超大墨镜，辨不清面孔，但她却穿着画中人同样的衣服、鞋子，梳着同样的发型，像画中人从画中走出来一样。

她款款来到索德面前，取下了墨镜。

“上帝啊！史拉！”索德激动得惊叫起来。

“好久不见。”那女人走过来，微笑着与索德点头行礼。

索德激动不安，他的身子和双手看上去几乎在颤动。小鹤远远地愣在原地观看着他们。

“真是你吗？史拉？”索德嘴唇颤抖着说。

女人微笑。

“你长壮实了，也长高了。”那女人说。

“真是你！史拉。”

女人依旧朝索德微笑，眼睛泛着光，泪水几乎要掉下来了。

“我在报刊上看到了你的画，看到了我过去时的样子。”女人说。

“上帝！史拉。”

索德双手哆嗦着，伸出去，一把把女人拥抱进怀里。

展厅里很多人在，很多人举起相机拍下了这感人的一幕。索德已顾不得这些了。

这一刻对索德来说，太像一场惊异的梦。小鹤看索德眼眶红红的，竟流出了眼泪，泪水都滴在了史拉纤弱的后背上。

小鹤愣在那儿，手里的活儿都停止了。

看着眼前的一切，小鹤才突然明白索德的内心向外其实一直都是封锁的——即使他与小鹤在一起。直到这时，他才心甘情愿把心锁打开。这也是小鹤感觉自己一直都不能真正进入索德内心的根本原因，而非仅仅被她和被李斌归为的文化根基不同。

“我们必须聊一聊，必须好好聊一聊。”

索德慌乱地把身边的事全部交给负责画展的助理，他拉着史拉的手走出了展厅。他俩经过小鹤时，索德居然像根本没看见她一样。

他们走后，很多人跟出去。一会儿，他们又跑了回来。很多报刊和媒体记者问小鹤，这幅画的画中人是谁？她与作者索德是什么关系？

很多人也相互询问。

小鹤以“不知道”回绝了他们，她赶紧退出了展厅。

小鹤在大街上慌乱得不知所措。她想叫住索德和那个女人，但已不见了他们的身影。

在街上焦虑又失落地逗留了很久后，小鹤只能去往方玲家。

方玲不在家。只有方玲母亲在。

“上帝！你是怎么了？哪里不舒服？”方太太看出小鹤精神不佳，赶紧问小鹤。

小鹤扑进方太太的怀里哭了出来。

等小鹤稍许平静了一些，她把刚才的事都告诉给方太太。

“就是多年后，旧情人再次相聚。这没什么，你不要太在意，谁都会遇上这样的事。”

方太太安慰小鹤道。

等彻底冷静了，小鹤想想方太太说的也是。她想到自己平时还经常跟林一尘在一起呢，她不能够要求索德连旧情人也不能相见。何况这是索德一直以来认为的最纯洁的真爱。

随后几日，索德跟史拉像彻底消失了似的，没了任何消息，不知去了哪里？

五天过去了，已到了撤展的日子，还不见索德回来。其实第二天，小鹤打过一次索德的电话，但他已关机。可是，撤展的时间已到，索德居然根本不记得这事儿了，这让小鹤很气恼。

展厅里，众人都在忙碌着撤展，包括方大海一家和李斌也过来帮忙。方玲与李斌已经处上了关系，方大海夫妇也认可了李斌。

工人们都在忙碌堆放着从墙上撤下来的作品，唯独索德不在。

小鹤又仔细看了看那幅史拉的画，内心如鲠在喉。十多年过去，史拉根本没什么变化，那天，她也见到史拉了，她的神情和神态依然如画中人那样美好。

助理搬进来各种报刊资料，都是对索德的画进行评论和报道的。

助理把最近的一期拿给小鹤看，标题以“青年艺术家索德画展，十年后，画中人意外从画中走了出来，与画家相拥而泣”为噱头，在艺术报刊上进行了整幅版面的报道，还附有一张索德与史拉悲切相拥的照片。

小鹤越看心越堵。

方玲和李斌协助小鹤把索德的画全部运回索德的画室，那间“白色的圆房子”。

他们一起用完餐，方玲和李斌走后，小鹤一人坐在花园里的藤椅上，独自欣赏挂在远处天际的傍晚的霞光，回想着跟索德相识和相处的每个时刻。第一次来时，她就坐在这里。

“你可以在这里看见透明的时间。”

当时，索德非常愉悦地跟小鹤聊天。

她来这里看到了“白色的圆房子”，但她根本没有看到“透明的时间”，索德一直被一层浓厚的迷雾遮盖着。

出乎小鹤预料，第三天下午，索德回来了，身后跟着史拉。索德回来时，小鹤刚醒，可能因为这几天想得过多，实在太劳累，索德回来前一刻，她才醒来。

索德打开门，看见小鹤在，十分惊诧。

“前天已撤展，我帮你把画都搬回来了。”小鹤说。

“哦，天哪！这么重要的事，我竟然忘了。”索德如梦游般苏醒。他双手抱头，惊呼着。

史拉见状也流露出难为情的表情，连忙说："抱歉！抱歉！"

"不是你的错。"索德搂着史拉的肩膀，安慰她。

"小鹤，真不知该怎么感谢你。"索德跑过去也拥抱了小鹤。

史拉并不介意，她向索德画室中央走去，浏览着整个屋子。

小鹤发现史拉今天穿了一件新的粉红色外衣。之前，她一直对着画中的史拉进行猜测，五天前在画展，她也仅仅短暂地看了史拉几眼，今天她是彻底清清楚楚地看到了栩栩如生的史拉。

史拉的眼睛如法国女明星般生动，睫毛扇动时，会让人自然产生一股怜爱——似欲哭还休。还有史拉的嘴，嘴角内收，欲语还羞。她褐色的头发卷曲地轻松盘在脑后，少许耷拉下来，遮住了她的左眼角。

小鹤不得不承认，眼前的她比画中的史拉更生动、更美，年龄上变化不太大——眼角丝毫看不出岁月（十多年过去）的痕迹。

史拉站在索德面前，却像个羞涩的小女生，但小鹤知道，她比索德还大三岁。

十多年前，未满十八岁的索德站在史拉面前，她把他当成一个稚气未脱的孩子。

"小鹤，我们需要谈一谈。"索德走到小鹤身边说。

"好吧。"

他们俩一起走出画室，走到了落地窗外的花园里。

"你不知道这是怎样的一种惊喜。"索德说。

"上帝！真的难以想象，史拉又出现在我眼前，她真真实实地来到了我身边。我一直在忙碌，疯狂地忙碌，但我在忙碌中突然抬头的一刹那间，她竟出现在我眼前。”

索德还继续沉浸在他意想不到的喜悦中。

“小鹤，我以为是我出了问题，我以为是因为画展的紧张和慌乱，令我出现了幻觉，我以为是我想象史拉从画中走出来。当她朝我微笑，我发现眼前真真切切是史拉的时候……上帝，上帝跟我开了一个这么可爱的玩笑。”索德说，他似乎根本没有在意小鹤的感受。

“鹤，听我说，请给我一段时间。我还有那么多的问题和事情要跟史拉说，我们需要好好谈一谈。

“你知道吗？前天，我们沿着铁道，一直寻找十几年前的那栋房子。鹤，你知道吗？那栋破房子还在，我们居然找到了它。最近几年，它一直空在那儿。那个地段已经废弃，周围变得杂乱不堪。我跟史拉一起把那里收拾出来，整整收拾了两天半。我们身上弄脏得成了彼此根本不认识的人。啊哈，时间像是又重新回到了过去。”

索德的欢乐溢于言表。

“我需要跟史拉好好谈一谈。”索德反复说着这句话。

小鹤知道自己该怎么做了。她故作平静，优雅地说：“是的，再次相见，真的不容易，真为你们感到高兴。”

说完，小鹤借口她还有其他事情等待处理，向索德提出告辞。

小鹤走进屋子，又向史拉告别。

史拉谦和地向小鹤挥了挥手，小鹤望着她的神情，突然感觉史拉那么像个女主人。

回去的路上，小鹤的心里五味杂陈，有股说不出的滋味，但她一路强忍着。

回到家后，小鹤想找方太太诉苦，方太太前几天已经安慰过她了。她躺在床上独自哭了起来，哭完后，仍然辗转反侧。她想到自己想跟林一尘随意聊一聊，但她又想，假如林一尘继续问她准不准备回国工作，她该怎么答复他？想到这里，她又反复安慰自己，她跟索德，也许，不会像她想的那么糟。

她想再等一等。是的，等一等再说。

第二天清晨，小鹤还是忍不住约李斌见面，把她与索德的事说给他听。

“小鹤，听我的，不会错。我太了解法国人了，你跟索德不会有什么结果的。我们中国人不管多早出来，不管异化得多么快，表面上言行举止、饮食习惯统统融入了异国，但骨子里，骨髓里的文化根源始终根除不了，这是我们血液中留存的东西。不同的国家、不同的种族、文化溯源、成长背景，皆构成障碍，我算深有体会了。短暂的激情过后，面临的只能是细琐的日常生活，相互看不惯、无法沟通、无法交流，逐渐演变成欺瞒、抵触和决不妥协……受罪，太受罪了。”

李斌又把他自己曾遭受过的尴尬感受告诉给小鹤。

“又譬如方玲，同样，最终，她还是选择了我。”

即使如此，小鹤还是不愿就这么甘心接受失败。

## 第三十七章　一直以来，林一尘暗自慢慢消化着情感伤痛

林一尘向小鹤提出结婚遭拒后，一次活动中，由一个中戏做老师的朋友介绍，他认识了一个表演二胡独奏的女孩儿。女孩儿气质很好，两人相处了一段时间。

那段时间，林一尘也买来一把二胡，跟女孩儿后面学了一阵子。林一尘肯吃苦，学习劲头也专注，竟学得很快。

我去林一尘那儿，帮他打扫卫生时，就看见了那把二胡。当时，我建议林一尘拉给我听，他没拉，说以后再拉。后来，一直也没拉过它。

多年的单身生活，使得林一尘有一个缺点，他的心理年龄一直不成熟，始终停留在恋爱期的大男孩儿自闭阶段。另外，多年的单身让他已习惯了散漫、独来独往，更多时间地偏好运动和聚会以及玩耍。林一尘处处表现出的拘谨和紧张，总让人琢磨不透他内心的

具体想法。与周边众人生活的逐渐偏离，令他更不爱主动张口与人交流。

骄傲的神情、倔强的性格、临场的谦和、幽默和他一直依靠锻炼保持的身形，总能吸引很多年轻女孩儿艳羡的目光，又因过去在蝉城的辉煌经历，以及多年图书出版工作的经验，使他在文学、艺术上的造诣深厚，更因这几年来，他对法国文化的热衷和理解及与小鹤间断相处的潜移默化，使林一尘的气场到哪里都流露出优雅和彬彬有礼。

年轻的女孩子们都比较爱慕虚荣，尤其是刚来北京闯荡的文艺女青年们，她们总力图主动接近林一尘，这点使与林一尘交往的任何女孩儿都没有安全感。

二胡女孩儿很快就与林一尘分了手。

林一尘也没太强留，他明白他的内心可能还是没彻底放下一些什么。冥冥之中，有种感觉在告诉他，对于小鹤，他还是再等等吧。毕竟已经等待了这么久，他已无所谓时间的长短了。况且，小鹤毕业后一直还在犹豫，更因为他早已了解了，由于留法硬性条件的制约，凭小鹤所学的专业，她不一定就能轻易地留在巴黎。

还有，与林一尘在蝉城一起搞文学运动的几个兄弟，一个个对生活和生命意义的理解都早已产生了变化。经历现实生活的磨炼，对自我价值的重新认识，对社会始料不及的变化，他们逐渐选择了各种不得不妥协的生活方式。

性格天生阴郁、内敛的林一尘总认为，人生不过如此，何事都应随遇而安，无须强求。

小鹤着手在巴黎寻求工作期间，一位蝉城的作家朋友为他的作品法文出版事宜去了一趟巴黎。他有些蝉城旧友在巴黎，他们与方大海等人也都相识。

在巴黎这几天，他一直待在方大海家，方大海的屋子宽敞，他们夫妇人脉又广，无意中方大海夫妇闲聊时，把小鹤与索德的事都说了出来。

这位朋友与林一尘关系一直亲如兄弟，回国后，他特意在北京停留，把小鹤的事也旁推侧引地告诉给了林一尘。

听完后，林一尘没做任何反应，朋友也不好再说什么。男女之事，本来就是他们双方自己的感受，外人实在不好插手。他们吃完饭后尴尬地分了手。

后来这位朋友在北京回蝉城的列车上不免深深自责，觉得他这样做是不是过于多事。

口中虽然不说，林一尘肯定不是笨蛋。男女之事，最敏感的自然还是处在关系中的男女双方自己。只不过，旁听来的事实，能够根据他们的自我判断更好地给出合理的答案。

林一尘不想知道索德是谁，也不想知道小鹤跟他有多亲密，有什么样的过程和结果，他清楚的是，他与小鹤的关系，可能就到此为止了。

送走那位蝉城朋友，回到家里，林一尘竟久久无法平静。他进屋后没有开灯，拉上窗帘直接躺在床上。黑暗中，他仔细回顾了自己近二十年来的生活。从他离开家乡小镇，告别亲人到蝉城的第一天开始，打工、考学、上学，与大学第一个女朋友恋爱、读书、工作、写作、分手，然后陆陆续续与不同女孩儿短暂的交往，后来潜意识里说服自己等待小鹤的决心……

现今，似乎一切都成过眼云烟，用如今风靡的网络用语说就是：神马皆成了浮云。

很长一段时间，林一尘都处在反思和悲伤之中，他独自慢慢地消化着这些。

我就是在这种情况下阴差阳错地遇上了林一尘，而这个时间距离第一次在蝉城见到他时，已过七年，我与贾加分手也已快五年。

自从七年前的蝉城聚会，原本我与林一尘不会再有任何交结，但命运很多时候总会出人意料又趁其不备地跟你开个似真似假非大非小的恼人的荒诞玩笑。

# 第三十八章　我的疯狂，源于王小鹤巴黎感情受阻后回国要求与林一尘“重归于好”

小鹤离开索德“白色的圆房子”好长一段时间，索德并没来找过她，方玲无意中告诉小鹤，索德仍然与史拉在一起。小鹤深陷绝望。

毕业后，小鹤在巴黎并没很快找到合适的工作。平时，她只能依靠方大海的人际关系帮父亲在巴黎设立一个作品代理处，卖卖字画。时间长了，一是对索德情感的绝望，二是父母也从国内催促她若留法不成，先回国落实工作。父亲说，凭小鹤的学历，凭他在国内的影响力和人脉，帮女儿入个好单位还是不难的。经他们反复催促，小鹤终于做出了回国的决定。

回到国内，小鹤先忙碌工作的事。等工作全部落实安定，她发短信把她已回国的事告诉了林一尘。林一尘不知该如何对待小鹤的回国，他只能先回短信祝贺她。

小鹤回国后，大约三个多月，林一尘没与她直接接触。那三个月里，我正与林一尘相爱得如火如荼。

这些都是我后来才知道的。

我后来为了知道这些，与林一尘爆发了又一场极其惊心动魄的战争。那场战争之后，我就遭遇了那场生死攸关的严重的车祸。

对于王小鹤与林一尘之间到底是怎样的一种关系，实际上，我一无所知，如上所述，都是根据我从林一尘电脑里拷贝回来的资料中，通过林一尘与小鹤，以及与他们共同相识的朋友之间，这么多年来的信件来往和聊天交流记录，还有林一尘精心整理后，特别存放的文件夹中的资料，进行各种拼凑后的推理和猜测。

事实到底如何，可能只有王小鹤和林一尘两人心里最清楚。但如今，他们根本不可能向我清晰告知，而通过这些来往信件的内容可知，林一尘与王小鹤并无婚姻存在。

为了想知晓真相到底如何，我终于在第三天下午，用配备的钥匙打开了林一尘的家门。

这个之前多么熟悉的房间：书、台灯、沙发、音响、床单和被子。无处不依然弥漫着我与林一尘相处时的气息：欢愉、嗔怪、打趣、亲密无间和快乐、肆无忌惮的大笑。

我轻轻地坐在床上，我知道，自己随时就可以跟它们永别。

窗帘是拉上的，整个房间里异常安静，灰尘厚积。我呆呆地看着这一切，像是回到了一个阔别已久的家园。

我在床单上轻轻躺下，闭上眼，回想我与林一尘在这里忙碌的身影和一去不返的愉悦时光。

想完之后，我抹去眼角还没滴落下来的泪花，从厨房找出两块抹布，湿上水，我想象回到九个月前，我一边吃着火龙果一边帮林一尘打扫房间的情景。

记得事后，躺在这张床上，我特意搜索火龙果的营养价值和妙用给林一尘看，他不懂我为什么那么喜爱吃它。后来几次，与林一尘争吵后，再次见面，他特意买来火龙果讨好我。他说："看，特意为你买的火龙果，知道你最喜欢吃它。"

多次想起林一尘对我的好，我都激动不安。

从法兰克福书展回来后，直到我们三人相遇，屋子一直没打扫，连地也没有拖。书籍、桌面、电视机、沙发，无处不是尘埃密布。

我站在房间里不知先收拾哪儿好，只能先从床头柜开始，我记得最初帮林一尘打扫房间时，也是从这里开始的。

按逆时针顺序，我依次擦拭窗台、书籍、电视机、音响、书桌……啊，太多太多的灰尘，我几乎乱了手脚。

我一会儿擦拭房间，一会儿收拾厨房，还有客厅。

需要打扫的地方太多，哪里都乱。我记得林一尘说过，不喜欢任何人动他的东西，在擦拭灰尘时，我尽量不变动它们的位置。我小心翼翼地把每件物品上的尘埃擦净，露出洁面来。

看着时间流逝，我心急如焚。

打扫厨房时，我发现我与林一尘之所以能够相互吸引，皆因我们太相像了。

厨房里，他买了很多枣、红薯和毛芋，这些都是我非常爱吃的。第一次给林一尘做饭时，我炒了一盘青蒜腊肉炒香干，他说他特别喜欢吃。

厨房里还有红豆、红枣，我立刻想到我曾向林一尘承诺，为他煮红枣汤。林一尘说年轻时，他一直贫血。当初，我还突发奇想，某天在家煮好汤用保温瓶装了给他送来。现在这些材料就陈放在我眼前，我马上动起手来，在锅里放上水、红豆、红枣，煮起了养气补血的红枣汤。

打开洗衣机，里面装了很多已洗好还未晾晒的衣服，我找出衣架把衣服撑起，晾到了阳台上，又把阳台上已晒干的衣服收了叠整齐，放进衣柜里。

沙发上的脏衣服和沙发套我也拆下来，洗完甩干后晾上阳台。

林一尘经常坐着翻译文章的书桌也很脏乱，我把桌面上的东西排列成队，把它们贴近墙壁摆放整齐。

整个下午，窗外阴沉沉的。

做完这一切，我感觉累极了，又感觉非常舒坦。

我坐在书桌旁的椅子上，像林一尘平时那样安静地坐在那儿。

我把台灯打开，让上身探进了台灯圆形的光束里，刚刚走过的这一小段人生舞台，立刻逐一呈现在眼前。

找出一张纸，我开始给林一尘写留言。我要告诉他，下午所做的这一切，让我感到多么愉悦。虽然可能是最后一次，但告别是静默而愉快的。

书桌上有几张他的照片，照片中他很年轻，比现在胖，短短的头发露出他圆圆的饱满的脸。林一尘的眼睛一直都是那么大，凝视你，深沉、迷人。

照片中，他回过头来看我，欲言又止的样子，似乎总想告诉我什么。我痴痴地看着照片，忍不住在心里默念：说吧，我想听。

我在屋子里想找一些可以带走作为留念的林一尘的痕迹。

我习惯性地拉开床头柜抽屉，安全套盒还在那儿，几只密封的安全套散落在旁边——我已不再关心它们是不是又少了几个——我拿起盒子，准备把散落的安全套放进去，却看到两张揉皱了的A4纸压在了盒下，纸上写满了字。我拿起来读，开头这样写着：亲爱的小土。

我又看落款，竟是“小鹤”。

我把纸展开，一字一字地读。

看完后，我在心里反复念着“亲爱的小土”，“小土”是谁？小鹤写给小土的信怎么会在林一尘这儿？难道林一尘手里一直掌握着小鹤与某人的证据？

我仔细琢磨，突然心头一惊！小土，垒叠起来就是“尘”。这是小鹤写给林一尘的信，是她在这里留下的痕迹！

我反复阅读这封信。

这是半个月前，这个女人苦苦哀求林一尘不要离开她的绝望心声。

读着它，我似乎看到了真相的曙光。

小鹤与林一尘根本没有婚姻存在！那么小鹤与林一尘目前到底属于什么样的关系呢？从这封信上，什么都看不出来，信上仅仅说，十多日前的那个周末，林一尘邀小鹤来家给她做饭，两人度过了美好的一下午。后来不知什么原因，两人爆发了争吵，锅碗都被掀翻在地。林一尘愤怒离家后，小鹤一遍又一遍地拖地。信中还写，她双手捧着林一尘的衣物，闻着衣物上林一尘的气息。她在他的房间里，悲恸欲绝，不停地哭……她反复忏悔，请求林一尘原谅她曾经带给他的伤害。

她担心这次争吵会成为永别！

林一尘从没与我说过永别，连让我离开的理由一直都不给我。我想到他从欧洲回来还送给我了那么多的礼物，以及我们吃饭时，林一尘与我的凝视和下车前的吻别……

尽管如此，但从前一晚，林一尘把手机给小鹤，容许她给我电话，告诉我，他们早已结婚，这又说明……

我越想越糊涂，怎么想也想不出个道理来。莫非，他们已“终归于好”！

不管怎么样，此刻，我必须做的，是尽快离开这里。天色已黑。

回到家，我坐卧不宁，不知道自己该怎么办。我的神经处于极度的混乱之中。直到晚上八点，林一尘一直没消息过来。我算着时间，他应该早已回到家，看到了我为他所做的一切和那封留言。

不行，我要见林一尘，我要看到他看到整整一下午，我为他所做的这一切后的表情。

同时，我觉得我应该带回那封信，我得拿着这封信让林一尘告诉我事情真相。

我开车匆匆又赶到林一尘楼下，仰头看林一尘家的窗口，屋内没有灯光。

我蹑手蹑脚轻轻转动门锁，想取出那封信就走。可是，打开房门时，一股浓烈的酒气扑鼻而来。接着，我听到林一尘床上粗重的呼噜声。

开门声“吱呀”地响，床上人却仍熟睡着。

我走近，从窗口透进来的光亮里，辨别出是林一尘。他不像以前那样睡得宁静，林一尘的脸也不像以前那样安闲，此时，在幽暗的屋子里，他显得那样黝黑、苍老。

我立在那儿。

我多想能再多看看熟睡着的他啊！曾经拥有时，从未想到这时如此珍惜。

我分秒必争般的胆战心惊着！

好好地看了林一尘一会儿，我退出房间，客厅的桌子上酒杯和酒瓶都还在，我倒出一满杯酒，坐在桌子旁慢慢喝了下去。

林一尘粗重的呼吸声一高一低持续地从房间里传出来。我听着，内心安宁极了。

我又走进房间，脱去外衣，抱来沙发上的另一床被褥，展开，在林一尘身边轻轻躺下。

黑暗中，我睁大眼睛怎么也睡不着，我猜测假如林一尘突然醒来发现我，会怎么样？我又安慰自己，没有关系，明晨，等他醒来之前，我就离开。

畏惧中，不知不觉，我竟睡着了。

大约九点半左右，我隐隐约约听见林一尘手机响，他被吵醒了，拿起手机接听。我也醒了，我在黑暗中听出电话是王小鹤打来的。

“我已睡下了。”林一尘说，“喝了很多酒，最后都吐了。”

“怎么喝酒了，你还吐了啊？”王小鹤在那边急迫地追问，显出很关心的样子，语气十分温柔。

“我要睡了。谢谢关心。”林一尘说。

“那个周莉又找你了吗？她有没有再找你？”

我听出王小鹤更关心的是这个问题。

“没有。跟她说清我们已结婚了，她不会再来找我了。”林一尘说。

“你确实什么都跟她说清了吗？”王小鹤在电话里继续追问。

“我已彻底拒绝她了。”林一尘说。

他说这话时，语气特别乖巧、温驯。

“林一尘，你听我的没错，昨晚与她通话，瞧她说话那语气，一听就是那种死皮赖脸，喜欢与男人纠缠不清的坏女人。”

她在诋毁我，她竟在林一尘面前诋毁我……这么几天来，我不知道林一尘是怎么跟她提到我，她又是在林一尘面前说了多少我的不好……

林一尘突然转变的态度足以说明这一切！

我在黑暗中屏住呼吸静静地听着，分明看到了远处正在喷发的火山。

“我就在这儿啊！”我突然大叫出来。

“谁？谁？谁？她是谁？……”王小鹤在电话里，也突然叫起来。

林一尘转身看到了我，他看到了他旁边已坐起上半身的我。

我看到林一尘惊恐地朝着手机大喊：“我不知道，我不知道……”

电话断了。

似乎一切又出乎我的预料。

林一尘惊恐地从床上爬起来，急躁得不知所措。

我慢慢也爬起身，穿起衣服。把包背上，也把鞋子换上。

我知道我完蛋了，彻底完蛋了，但我似乎又了解到了之前一直没推理清楚的一些什么……

临出门前，我朝林一尘轻蔑地嘲笑着，林一尘的拳头从空中朝我的脸扫射过来。

从林一尘家出来，我故作十分镇静，但我知道我的内心一直惊颤不止。

我坐在自己的车里，心绪久久无法平静。

我把车窗全部打开，北京十月初的夜风已饱含凉意。

一阵阵的凉风，从车窗汹涌地挤进了车厢。

我知道，我的心比凉风更冷。

沉静了很久，我发动车正准备离开时，看到远处有一个似曾熟悉的人影风风火火，也有点气急败坏地急赶过来。

她穿着大衣，把头发高高地揪在脑后，向林一尘家走去，高跟鞋“咯噔、咯噔”响，重重地跺着地面。

看到王小鹤急急忙忙赶向林一尘的屋子，这时刻，我竟有种说不出的快乐。同时，眼眶中，泪水也无声无息地流了下来。

我踩开油门，向家奔去。

# 第三十九章　绝望使人只能与一个从没爱过的人在冰冷的屋子里拥抱着

几年前，被那位电梯大婶无意羞辱之后，我决心忘掉贾加，好好谈一场恋爱，如其他人一样追求简单、朴实的生活。后来，我认识了黄小伟。

他是京城高校金融专业研究生毕业，在一家投行工作，正准备考金融分析师专业证书。他说如果通过了，就可以进国际投行。我觉得黄小伟前途无量，于是不断鼓励他。

我与黄小伟站在西直门地铁出口的嘉茂商城大楼下聊天。自从我立志走精英之路后，生活上我有了很大改善，两年前我就从北三环附近的地下室搬了出来，住在崇文门离单位只有五百米的一个小区的高楼上——十八层楼的顶层。走出欧式圆顶半圆形的窗户，站在位于半空的阳台上，可以鸟瞰到大半条长安街，这种感觉非常美妙。我经常把一些好朋友带回家，让他们跟我一起站在那儿远眺，体会整个北京城尽收眼底的感觉。

我住在崇文门，黄小伟住海淀，我与黄小伟相见，就约在了西直门。

黄小伟要复习应考，所以他把房子租在了海淀某高校旁边，可以借用高校的教室，在晚自习时间里看书。

我与黄小伟避开地铁口络绎不绝穿行的人群，站在一个黑暗的角落里。

黄小伟身穿西装，白衬衫，系着一条蓝色领带。他皮肤白净、温文尔雅。

我靠在栏杆上不时用脚踢碰着栏杆铁柱。

“比较烦心的是，在这样关键的时刻，我们家却有人生病了。”黄小伟双手插在裤兜里跟我说话。

“谁呢？”我纳闷地问他。

“我父亲……肝癌晚期。”黄小伟犹犹豫豫地说。

“已经拖了两年，我跟母亲都有点儿精疲力竭了，但父亲只有我和母亲两个亲人。我们也指望不了其他亲戚。我是独生子，母亲身体也不好，高血压，心脏也不好。”

黄小伟很坦率，他毫无隐瞒地说出这些。我为黄小伟感到不幸和无奈。我站在原地没怎么动，沉默地听黄小伟一个人说。

“而这时，我又必须去考这个试。如果我不做出努力，父亲看病又不能没有经济支持。”

我能够深刻体会黄小伟所处的艰难情境，我以默默的倾听来安慰他。

后来我与黄小伟又约会了几次，改在黄小伟租住的房子里。他的住处非常简陋，除了必备的床单、被褥、鞋子和一皮箱换洗衣物，其他什么都没有——仅有房东留下的一些桌椅和几本他应付考试的工具书。

之后，我们的关系就不了了之，因黄小伟一直处在贫困、麻烦不断和焦虑之中，更主要的是，黄小伟还是一个逢事必纠结不止的男生。

黄小伟偶尔会给我打来一个电话，简单问候我。我也简单敷衍他几句，继而依旧鼓励他。

生活很多时候像一场无法克服的瘟疫。对于我跟林一尘的关系，我知道，我已完蛋了。

我知道以后我再也不可能再见到他了，我也知道我已经快疯了……

王小鹤与林一尘之间的关系，目前看似清晰，除了我一厢情愿的推测，他们到底是怎样？将来会怎样？依然是个谜。但此刻，我已根本不在乎了。

卧床沉睡了一周后，黄小伟给我打来电话，他说他的金融分析师没考过，父亲也去世了，他刚刚又换了新工作。接下来黄小伟又说，他母亲正在生病中，心脏今年已做第三次搭桥手术了。然后他还说，去年他谈了一个女朋友，结果性格不合分了手……

总之，黄小伟在电话那头一个劲儿地叙述他的生活和感受。我不想再听下去，我说，我去找你。

我来到黄小伟位于东三环外的出租房里。屋子依旧十分简陋，墙壁的涂料一片片脱落下来，狭窄的客厅里只有一张歪斜的破桌子，旁边是一张简易床。房间里一张床和一只半旧衣橱，其他的什么都没有。

卫生间里，热水器是坏的，断断续续地滴出细弱的温水，像个身患前列腺肿胀的老头尿不出、又尿不尽，滴滴答答着，响个不停。

地面脏黑、四处黄渍。洗发液已是空瓶，沐浴液也没有，牙刷只有一支，牙膏壳被挤得变了形。毛巾两块，一块稀薄得擦脸也能将其撕破……这些都零零碎碎、横七竖八地躺在洗手间里。

床垫上的保护膜没有撕掉，稀薄的被褥皱皱巴巴地铺在上面，能想到，若躺在上面，稍一挪动身体，被子就会滑下来或者皱缩到了一边。

我站在窗口望着窗外。沉默着。黄小伟也沉默着。我们都不知道该说些什么，也不知道该做些什么。

“我，想要一个拥抱。”我说。并没转身。

“我也想。”黄小伟说。

我回头看他，黄小伟也抬起脸来看我。

我转过身，闭上眼，等待着他。黄小伟走上前，紧紧搂住了我。

他个子不高，我侧过脸，把脑袋沉沉地靠在他肩上。我感觉整个脑袋下支撑起了一根木墩。我也能够非常清晰地听到黄小伟胸前怦怦的有节律的沉闷的心跳声。

不讳地说，我联想更多的，还是林一尘的怀抱，看到的还是林一尘的眼睛。

我看到林一尘坐在车内，我拍着车窗玻璃，在窗外撕裂地哭着。林一尘没任何表情，死活不开门，我使出全身力气，爬上了车头，把脸贴在前挡风玻璃上，面朝车内手扶方向盘的林一尘，与他对视。我哭、咆哮，用拳头砸着玻璃。

林一尘依旧无动于衷。

我睁大眼，从林一尘敞开的瞳孔里，看到一只暴怒的、可怜兮兮、精疲力竭的……一只抽搐、扭曲了的变了形的丧家犬的脸，孤自趴在玻璃上声嘶力竭地咆哮，而玻璃窗内，林一尘的世界是封闭的，与外隔绝的，无声的。他开启车的发动装置，猛地发动，轻轻打动方向盘，左右摆动了一下车头，把前挡风玻璃上的这只丧家犬摔下车，远远地丢下，滚向了马路边。

我不知道这些是正在发生的，还是幻觉。

我与黄小伟开始接吻，他的嘴唇从最初的冰凉慢慢变热，变柔软，变温湿。我们这样抱了很久很久，差不多忘记了时间。我们都闭着眼睛，在窗户旁跟着黄小伟电脑里播放着的音乐，轻轻地摇晃着。

世界也在我们眼前无声无息地摇晃。

“你会把我写进你的小说吗？”我们拥抱着慢慢感到疲惫时，黄小伟忽然问。

“怎么写你？把你与我写成什么关系呢？”我仍旧闭着眼睛问他。

黄小伟不说话。

“哈，你是我的编外情人。”我睁开眼，扭过头，苦涩地笑一下说。

黄小伟也“扑哧”一声尴尬地笑出来。

“我觉得我们可以喝一点儿酒。”我说。

“可你怎么开车？”他说。

“不管，喝了再说。”我仍旧苦涩地笑着。

黄小伟似乎能感觉到我心情不是很好，他从厨房里拿出仅有的几听啤酒。我们俩就站在窗前，谁都不说话，自顾自地喝了起来。

窗户外，夜空下，迷蒙蒙的薄雾中，车辆川流不息，灯光闪烁不止。

# 第四十章　我情愿疯狂地死在爱情里

我开动车向家的方向飞奔而去，从灯火通明的北京城奔向偏远的、荒无人烟的郊区。

光明逐渐从我眼前消失。

我努力睁开眼，车窗外雾霾浓厚，什么都看不见，只依稀感觉有车影从视线里飞过。

灰蒙蒙的雾霾中，我感觉到更多的还是林一尘的那张无动于衷、冷漠愁苦的脸。

左侧一辆小车从眼前飞了出去，右侧一辆不知什么车又飞了出去。我身体的四周冒出一阵阵火花，像钢铁厂热火朝天喷射的火焰，我在烈火中奋力穿越。

“肇事者是那辆车，是那辆车。”我听见车窗外，很多人在喊。

接着，有人影向我跑过来。

“车上像是有个女的。”又有人向远处的人呼喊。

远处，警车也来了，我抬起头看到远处警灯在雾霾中闪闪烁烁。

我摸索身边，我的包还在。

我从包里拿出笔，又从包里摸索出纸。

我开始颤抖着给林一尘写信：

我唤你，尘。

我抚摸你的脸，灵魂也轻唤：亲爱的尘。

她称呼你小土。她把“亲爱的小土”写在了纸上。

最后一次给你打扫房间，我找到了那两张A4纸，它们安静地躺在你租来的那个屋子床头柜的抽屉里，床头柜的灯没打开，那个角落十分幽暗，整个房间也是幽暗的。我坐下来，坐在床边仔细阅读纸上的那些字，房间里出奇的安静。

黑色的签字笔，字迹并不美，有些潦草，是女人的笔迹。字里行间充满焦渴和咄咄逼人。我在文字里，看到的是一双蛇的眼睛，她矗立在那儿，死死盯住我。伺机出动。

刚开始，我以为小土是别人，空欢喜了一场，以为是别人的秘密，藏在你家柜子里。后来，我把“小”“土”拼起来，像拼一座房子，房子竖起后，我才知道“小”“土”垒叠起来，就是“尘”。

尘，她说爱你，她说她爱你。

我浑身战栗。

我也爱你

尘，我爱你，爱你的眼睛和你的身体。她爱你的衣服和你的身体。她说，她捧着你的衣服，就像抱着你的身体，她把衣服叠好收进柜子里。她把你也收进了柜子里。还有，她把对你的爱都收进了柜子里。不让他们出来，她把你守住，不让你走，不让你到任何地方去。我也不让你走，站在大门口，用我弱小的身体抵住你。

可是，你还是走了，你不让任何人来控制你，谁也不让。

尘，以后，我再也不叫你尘了，叫尘，心疼。

我也要叫你“小土”，我忌妒她，我以她的方式来称呼你。

我会努力，努力放弃自己，我向你投降。我尝试站在另一个女人的位置上，把自己变成她，用她的眼神观赏你——虽然像痴人说梦——但我要借助她的眼睛努力把你看清楚，把你，把你身上的每个细节都绘制在我的视网膜上。我总担心记不住你。

我怕我走远了，就再也想不起你来。我未老先衰，你来了，我一下子老了二十多岁，在爱情面前，我不再是少女，立刻苍老。变得稀里糊涂，我化身成了另外一个样子。记不住你，你像个飘忽的影子，像只飞虫，在眼前、脑子里飞来飞去，赶不走。啊，遇见你的一刹那间，我就得了飞蚊症——这个样子还要维持很多年，时间都被打成包裹，压在箱底，白白浪费了——对于这样的经验，我早已深有感触。

我如此浪费了三十年才遇到了你。

看清楚了，或许就能记住你，把你一笔一笔画下来，刻进脑子里，藏进细胞，刻在血管的壁上，每天你都在我的身体里作祟、流淌，冲击着我的神经，也刻在我的骨头上。

记住你青青的胡子根儿和你痛苦、烦躁、好玩的样子。

以后真的会不一样了，我换成她的方式来看你，我变成另一个人去感受你，我期待这种不一样的变化。那样，我可以知道另一个女人眼中的你，那个同我一样深爱你的女人，跟我一样需要你的女人，她眼中的你，是不是跟我眼中的你，一样美。

你真美，太美了，像一幅安静的画。眼睛美得像一扇窗，靠近你，我就忍不住想向窗户里探进头去，在那里，我看到了我的世界。它与我身边所在的这个世界截然不同。在那里，我跟你相遇，你与我一个模样——同一个模子里刻出来的。

那是个无比广阔、温柔的世界。光芒四射，柔和、轻飘、白银一样的天空。轻薄的空气像纱丝，能轻易嗅到它、捉住它，吸进肺里，都是爱欲的味道——你的和我的。它们使我自然地羞涩和战栗，并且，想一直停留在那儿。

停留在那里，再也不出来。

懊恼的是，你不容易让人看清，你才没那么笨。你根本不理会我，你会躲起来，跟我捉迷藏。我隔着迷迷蒙蒙的浓厚的雾霾看你，隔着磨砂玻璃、隔着几辈子的距离看你，稀里糊涂的，对你的渴望和试图亲近的欲望，阻挡了我的视线。伸手碰不着。一碰，你就跳远了，跟一只蹦蹦球似的，一惊一乍的。有时候，好不容易逮着你了，我赶紧把嘴凑过去，轻轻地碰上了你的下颌，你浅浅的胡子末梢，你的脸惊诧地一闪而过，你以为我要伤害你，要吃了你。

天哪，我怎么会？傻瓜！

我再一次尝试从背后抱住你，手臂只圈成了半个圆。你像触到了电，蹦起来，惊慌地逃走了。

你推我，把我推到门边，你说，走，走，走，快走。

窗户外下着很大的雨，是个周末。

接到你的电话，我千里迢迢赶过去。明明知道半个小时后暴雨就将来临。

见你，是为了跟你谈分手，分手还需要谈吗？很显然，是为了再一次能够见到你。难得的借口。

坐在你的对面，雨哗哗地落了下来。你背窗而坐，我们俩像是待在水帘洞中。

周末，雨中的二人世界竟是那样的。

我想笑，笑你可爱，笑你厌烦和害怕的样子，笑你那么拘谨和胆战心惊，笑你在我面前像只胆怯的小老鼠。我也害怕，我一向你索求爱，我就害怕。你不给我，坚决不给，又不放我走。你知道，你只要给我一点点爱，我得到后，就逃走了，我对你的索求那么少。我走后，再也不见你了，所以，你偏不给我，一点儿都不给我。我哭，我叫，我大吵大闹，你也不给我。你绝对不让我满足，你真坏。

你很清楚，给了我之后，我就会心满意足地小心翼翼地捧着那一小丁点儿的爱，逃掉了——像是意外收到一块金元宝。

如愿以偿，像捧着一笼刚出锅的热包子，我靠这些包子就能活一辈子。

所以，你不可能给我。你也不给她，她也向你苦苦央求。你的爱，谁也不给。你的爱，只留给你自己。你把爱当成奢侈品收藏。

你调皮、倔强，始终像个孩子，从来不曾长大，你像只毛茸茸的、稚嫩的幼鸟，从自己的壳里谨慎地探出好奇的小脑袋，淘气的小脑袋。

你执拗，根本不听话，谁的话都不听，都拿你没办法。你不喜欢任何人干涉你的私生活，以及你的想法，你害怕被他人侵入和侵占。你喜欢独自扪心自问，把自己告诉给自己。

尘，你说：“你不要想怎么样就怎么样。”你烦躁不安地说出这样的话，说这话的时候，你愠怒了。你对我这样发脾气，也这样对她。我偷偷地站在你的门外听。我以为你在对我说话，几天前，你刚刚以这样的口气对我说过同样的话，但我的手机安静地躺在上衣的口袋里，我摸了摸它，没有响。我很惊讶。

世界是雾状的，清晰的只有自己，我想把自己看清，可根本也看不清。我盯住镜子里的人，慢慢地，她变成了你。

尘，我只有把眼睛闭上了。闭上，你就出现了。

我闭上眼睛的时候，世界就亮了。

团结湖，六层楼上，602室。

你把门打开，一道僵硬的铁栅栏，把你困在里面，每回想见你时，必须要得到它的容许。这是多么不能容忍的事。

你的门总让我联想到监狱，我站在门口，耷拉着脑袋，束手就擒。

铁栅栏的外面，四周幽黑，我等待你来探监，给我送来直面的、百万人丛中突然回眸的微笑。轻柔的、饱含深情的注视。你的眼睛真大，眼角的皱纹，历经沧桑。

你不急不慢，这是你的性格。你安静地坐在那儿，等待我从死狱爬上来。

你注视我很久，然后打开门给我放行，你说声“Hello”。

多么熟悉啊！你的房间里，书桌、台灯、沙发和床。

拥有爱的时候，一切都那么短暂。

命不要了，你就开始害怕，你唯恐我带着悲剧的色彩。

你说，要学会放下。在我向你索求爱的时候，你递给我一本禅经。我有多么害怕。多年前，我从一座寺庙前经过，留下几枚香油钱。两个年老的尼姑感激地从寺里走出来。苍老、肌黄、焦瘦。我心生寒意，浑身颤抖着离开。

我才不要念经，一念经，我就没办法去爱了，行同走肉。你说，爱是一个人心灵的状态。爱一个人，是把这种状态下心灵中的愉悦传递给对方。你的心灵对我，暂时没有爱的能力，你的心灵向我关起了门。

尘，我闭上眼睛时，就看见了你，看见你的大眼睛。你的大眼睛太美了，凝视占据了整个脸庞，你的凝视牵制了我欲将迈起的步伐。

尘，想你时，我什么都没了，自己也没了，是你的目光杀害了我。

爱完你后，我就死了。

尘，我怎样才能不想你？

在梦里、时光里吻你的双手和下颌！吻你青青的胡子根儿。

……

写完这封信时，我泪流满面，猛然抬起头，我听到很多人在说话，有人在远处呼喊，那人朝我所在的方向大声询问：“肇事者是那辆红色车，看看那人死了没？车上像是有个女的。”

我很惊讶，死人了吗？很严重吗？我环顾左右，身边没有任何人。我转而开心极了，我把手里的纸和笔放在旁边副驾驶室的座位上，叫起来：“嗨，我在这儿，我在这儿。这里无人死亡，没有死人，幸好没有死人。”

可是，任凭我怎么呼喊，都没有人过来理睬我，他们的身影在我身边、眼前转来转去，有人跑过来，又有人离开，我听到他们跑步的响声很大。他们都在我眼前晃来晃去，我伸手去抓他们，他们也不肯理我。我突然惊恐万分——我意识到，我怎么抓也抓不到他们？！

我突然伤心极了，看到马路对面，一辆警车车顶上的警灯依旧在浓厚的雾霾中，不停地闪烁着。

# 第四十一章　妈妈说，爱和生活里，你们都是贱种

王小鹤与索德一直并未断情。

小鹤回国后，索德又回头找小鹤，他写信告诉她，他没有想到史拉十年前已经结婚了，并且现今拥有一个七岁、活泼、漂亮的女儿，可是，再次见到史拉时，史拉并没有告诉他真相。他们兴奋到了极点，以致他根本忘记了询问这十多年来，史拉是如何度过的。他只顾着他们相遇后一起回忆最初的爱情和欢愉了。

索德还告诉小鹤，史拉正准备离婚，离开她并不愉快的婚姻生活。她告诉索德，她与那个意大利老男人的这段婚姻完全是场灾难。

可这一切横亘在索德面前，他又举棋难定。之前，索德一直深陷年轻时与史拉迷恋的缺憾里，他对结果从未预想，而如今，他无法承担再拾旧情后沉重的责任。他无法估计未来，甚至不敢想象。

小鹤安慰他，似乎更加期待索德能够放弃史拉，她对这点非常

期待。她宁愿等待下去，尤其是在林一尘家，与我相遇之后。

小鹤渴望重新得到索德的爱，恢复史拉出现之前的美好，但小鹤又不能完全确定索德确实是爱她的。如果爱她，虚影一样的史拉一出现，变成现实，索德就会无视她的存在。

远离中国（家园）六七年，回国后的陌生感又让小鹤感到极不适应、孤独和寂寞。她苦苦哀求林一尘重新接纳她，其实，她确实也根本没想好。只不过现在，她需要一面墙，极需一双在她虚弱和低迷时可以拥抱和供她偎依的翅膀。

在遭受林一尘一次次温婉的拒绝后，她想继续拥有和占有林一尘的想法越发强烈，而林一尘并没斩钉截铁、想要一刀两断地拒绝小鹤。林一尘的拒绝仅仅是回避和舒缓的友好劝告。在小鹤伤心欲绝时，他还会邀请小鹤来家里，给她做饭，以此安慰她。

林一尘如此这般做法，或许在潜意识里，他更想亲眼看到小鹤痛苦的样子，以此来弥补自己对小鹤之前的移情别恋和拒绝他求婚以此进行情感报复的快感——在王小鹤对林一尘索求情感强烈时，他会发怒，同样会粗暴地对待她，摔碎物件或者把她掀翻在地，但他始终都不明确拒绝她，也永远不会告诉她，他的情感生活中，还有另外一个女人——“我”的存在。

回国后，小鹤与林一尘纠缠了六个月，同时间里，林一尘与我相恋和相处了九个月。从时间上，我与林一尘时好时坏的关系，正能够完全应合林一尘与王小鹤时坏时好的关系。林一尘在这两段感情里平衡着他多变的情感情绪，也是在那个期间，林一尘往他随身携带的背包里装进去了那三只消失的安全套。

好了，至此，我可以告诉你，以及告诉我自己，那个新加坡女孩儿，我该彻底向她致歉了，她是无辜的——她的出现与我当初的到来一样无辜，——她仅仅是在我与林一尘的感情中，充当了一个幻影（情绪变化的幻影和我情绪变化的理由）。

为什么这么说呢？因为现在，我可以重新审视自己，我对林一尘果真深爱吗？如果深爱，那么一经他人说到林一尘的不好，以及那个并没经过事实考证的新加坡女孩儿出现时，我就有了“断桥遗梦”的念头。起初，与林一尘相处的美好瞬间、在林一尘身边的安闲和宁静，仅仅能说明：我有了“还愿”——七年前对林一尘瞬间产生情愫的情感包袱——的踏实和轻松。与林一尘相处的愉悦，诸多在于，林一尘的好手艺能给我一盘熟悉的家乡菜和一碗温暖的饭吃——他在厨房里晃动的身影，无不让我体验到家的回归和温暖，这可能仅仅是一种远别后又重而复得的乡愁，而与林一尘相处时身体上的愉悦似乎又是对我与贾加相处时的不足给予了补充。

那么我与贾加之间的关系是什么呢？我与吴桑之间的关系又是什么呢？爱情到底是什么呢？

在回忆和反思的过程中，我不免想到了妈妈那句刻薄而无数次刺伤我那颗漂浮着的、轻薄而又脆弱的心脏的话——“我们家人都是贱种，不安分，什么事都要碰得头破血流，方才相信！”

说这话时，妈妈总会手指我的脑袋，愤恨地在我额头上点戳着，而这句话，这一刻让我意识到，它正中要害。

# 第四十二章　原来，人生如梦，我们所能见的一切都是自己意念中的幻象

那次车祸之后，有两件事特别值得一提：一是，2012 年 12 月 21 日世界末日并未来临，地球依旧在银河系、太阳系里继续运转；二是，三年后，有一部电影上映，引起了很长一段时间的热议和疯狂，人们一见面便相互询问，看过这部电影了没？电影的名字叫《星际穿越》。

我在那场车祸里，迷惘寻觅时，见到了电影里提及的那个“虫洞”。翩然穿越“虫洞”后，我终于见到了那个未来的“我”，她已易名叫：小木匠。

小木匠提醒我说，你所能见的一切都是你自己意念中的幻象，一个你自己所创造和设计的梦影。唯有精神和信念才可永恒。自由、大爱和艺术才值得信赖。自由是思想的前提；爱是创造的过程；艺术是人生模型的呈现。

原来，我一直因为没有明白，才如此慌张、焦虑地在梦一样的

人生幻影里，像一个失眠者莽撞而又盲目地一路寻觅。

余下的时光，我便寻了个隐秘之处，躲藏了起来，拿起画笔，开始绘制“我”意念存在时，那个幻象中曾呈现出来的一切。

另一件比较好玩的事是：后来，刘志勇回蝉城与几个朋友喝酒，突然想到了一个叫周莉的人，闲聊中，赵大强建议大家要不要来钢城看看我。

一个晴朗的、阳光格外明媚的、春天的早晨，刘志勇和赵大强来到了钢城，他们约上汪宇峰等几人，带了几瓶我曾喜欢喝的老北京二锅头，经我父母所指，洒在了“我的墓”前。

“周莉，你安息吧，林一尘没跟王小鹤在一起。”刘志勇说。

他趴在“我的墓”上一阵号啕大哭。

刘志勇没继续说，王小鹤最终有没有与索德和好，以及她现在在巴黎还是在国内生活，也没再告诉我父母，林一尘目前怎么样了。我父母也仅友善地尽尽我所委托给他们的责任，根本无意知晓这些事。

我父母所着急的是，赶紧送走他们，应牌友所邀挤上麻将桌去打麻将。他们的生活，除了饭后指责子女和他们那几位已老态龙钟的父母，就是不停地唠叨前一日牌桌上的输赢。桌牌游戏的输赢才是他们聊以自慰的生活之重心。

刘志勇只管在“我的墓”前一瓶接一瓶地浇着他带来的那些老北京二锅头，他忽视或根本忘记了，我与贾加在一起时，才喜欢喝这种廉价的白酒，而自从我接触了林一尘后，我的喜好早已迷恋上咖啡、葡萄酒及甘蔗酿造的朗姆酒了。

这个木讷、愚钝、自以为是的蠢东西！

初稿完成于2012年，2014年12月修改